in love

Charlotte Bousquet

Ce feu qui me consume

RAGEOT

Cet ouvrage a été imprimé sur un papier
issu de forêts gérées durablement,
de sources contrôlées.

Couverture : © EpicStockMedia - Fotolia.com,
© Miramiska - Fotolia.com.

ISBN : 978-2-7002-4653-7

Si bien à plaindre est l'amoureux qui soupire
après des baisers dont il ne connut jamais la saveur,
mille fois plus infortuné celui qui la goûta, cette saveur,
juste un instant, et puis en fut à tout jamais privé.

Italo Calvino, *Le Chevalier inexistant*

Pour Anis et Gianni.

Chapitre premier

Les vibrations font trembler les murs et le sol de l'ancien palazzo transformé en boîte de nuit. Elles résonnent dans mon corps, explosent en dizaines de battements de cœur autour de moi. Au-dessus de la piste de danse, une énorme boule à facettes qui renvoie, au rythme de la musique, des particules de lumière. Les corps se pressent, se dressent, se trémoussent, les bras se lèvent, dévoilant l'éclat d'un ventre nu, le scintillement d'un strass. Étourdi par le martèlement des basses, les odeurs – parfum, sueur, alcool – et les lumières intermittentes du stroboscope, je pose la main sur l'épaule de Gianni, lui indique le bar du menton.

— Ça marche. Je te rejoins! crie-t-il.

Trop de bruit pour le moment.

Besoin d'un temps pour m'acclimater.

J'ai débarqué à Florence hier, fin de l'année universitaire oblige : entre les retrouvailles familiales compassées et l'humeur festive de mon meilleur ami, toujours survolté, je me sens un peu paumé. D'accord, le *Scarpia* n'a pas beaucoup changé – même décor, même écran géant, mêmes visages –, mais après neuf mois d'absence je me sens bizarrement décalé. Derrière son comptoir, Sonia agite la main en guise de bonjour. Impressionnante, elle jongle avec deux shakers et une bière pression qu'elle fait glisser vers les clients avant de venir dans ma direction.

— J'ai entendu dire qu'il y avait des super plans, à Rome, déclare-t-elle, arquant un sourcil charbonneux percé d'un anneau d'argent. Des rave dans les ruines, et tout...

— J'étudie à Bologne, Sonia. Pas à Rome. C'est sympa aussi, mais...

— Moins exotique ? propose-t-elle, en me préparant d'office un Stromboli – mélange savant de grappa, de grenadine et de vin blanc.

— C'est ça. C'est surtout que j'ai travaillé comme un malade, alors je n'ai pas vraiment eu le temps de faire la fête.

Ni fête ni détente ni véritables amis. Un comble dans cette cité universitaire célèbre pour sa vie intellectuelle et nocturne, qui brasse chaque année des milliers d'étudiants. Mais je n'ai pas réussi, je n'ai pas eu *envie* de m'intégrer. Élève modèle, le nez dans les bouquins de droit et d'histoire de l'art, la tête dans les partiels, les rendus, les exposés, je suis resté à l'écart de tout. J'ai terminé avec la plus haute mention ma première année de licence... Mais je ne l'ai pas *vécue.*

Et curieusement, je n'en éprouve aucun regret.

Gianni me rejoint à cet instant, plante un gros baiser sur la joue de Sonia, avise mon cocktail.

— La même chose ! lance-t-il avec un sourire.

Gianni, c'est mon reflet inversé : brun, regard de jais et une peau mate qui rappelle ses origines napolitaines. J'ai les cheveux blonds, des yeux clairs – des yeux de Botticelli, prétend ma mère. Gianni envisage un métier créatif – c'est-à-dire que, pour le moment, il suit de vagues études de graphisme et passe ses nuits dehors. Moi, je suis plutôt du genre sérieux et introverti, avec une carrière toute tracée dans la conservation du patrimoine ou le commerce d'œuvres d'art. Mais lui et moi, nous nous connaissons depuis le primaire et, hormis quelques disputes mémorables, notre amitié a franchi haut la main les caps difficiles de l'adolescence et de l'éloignement.

La musique s'arrête brusquement. Noir. Puis des spots bleus et rouges dansant sur la scène étroite équipée d'un micro, près de la cabine de mixage. Les habitués attendent, les nouveaux murmurent. Une silhouette souple grimpe sur l'estrade. Petite et mince, moulée dans une minirobe noire, perchée sur des talons trop hauts. J'ai la gorge sèche, sans savoir pourquoi. Elle se hisse jusqu'au DJ, lui chuchote quelques mots, fait volte-face.

J'ai les mains moites, les jambes en coton, l'impression d'étouffer.

Je bascule un an en arrière.

L'animal, un gris pommelé taillé pour la compétition, se cabre encore et encore face à l'obstacle. Sur son dos, une jeune fille, tête nue, sa longue chevelure noire flottant derrière elle comme un panache. Autour de la carrière, deux moniteurs, des spectateurs affolés et sa précédente cavalière, une adolescente couverte de poussière...

Le cheval retombe lourdement sur ses jambes, part au galop. Un galop rageur, révolté. La jeune fille l'accompagne, lui permet d'évacuer sa colère puis le met au pas, murmurant des paroles apaisantes. Effectue un cercle, revient calmement sur l'oxer.

Tous, nous retenons notre souffle.

Couvert d'écume, l'animal le franchit sans effort, une fois, deux fois, trois fois.

L'inconnue flatte son encolure, le laisse reprendre son souffle, rênes longues, et se tourne vers nous avec un sourire.

Un sourire radieux.

Lumineux.

Angélique.

Gianni ne remarque pas mon trouble, bien entendu, et se précipite vers elle pour la féliciter.

Qui est-ce ? Je ne l'ai encore jamais vue. Il faut dire que, la fin du lycée approchant, j'ai de moins en moins de temps libre et je ne viens que rarement monter au haras dell'Arno Nero.

Je m'approche timidement.

Occupée avec ses instructeurs, son hongre et mon ami, elle me tourne le dos. D'elle, je ne vois que cette vague noire, humide, qui coule jusqu'à sa taille, le bas d'un tee-shirt trop grand, un vieux jean râpé. J'arrive près de Gianni. Ma tête bourdonne. Sensation d'être sale à force de transpirer. Au bout d'un moment, une seconde, une éternité, elle se tourne vers moi et je prends de plein fouet ses iris aux reflets violets. Je la fixe, écarlate, horriblement gêné.

— Salut, je… je m'appelle Armando, dis-je histoire de ne pas rester planté, les bras ballants, comme un idiot.

— Moi, c'est Violetta !

— Comme la couleur de tes yeux ?

Mes mots, plats et niais, ont flotté entre nous, puis elle a éclaté de rire. À cet instant, j'aurais donné n'importe quoi pour avoir le cran de sauter sur ce cheval et fuir, loin, très loin de là…

Retour à la réalité.

Retour à Violetta sur la scène, avec sa robe trop courte et pour seul bijou un pendentif écarlate.

Retour à Violetta qui chante avec assurance, ignorant les paroles qui défilent sur l'écran. Des paroles qui évoquent l'étincelle qui brûle en chacun de nous, n'attend qu'un signe pour devenir feu d'artifice et illuminer les vies.

Sa voix m'émeut. Ses mouvements, un geste pour ramener ses longues mèches en arrière, un déhanchement léger, me bouleversent. Et quand son regard, l'espace d'une seconde à peine, croise le mien, j'ai le sentiment qu'il n'y a plus que nous dans le club, qu'elle ne chante que pour moi.

Le morceau se termine sous une salve d'applaudissements. Étoile filante, elle salue, saute sur la piste, disparaît dans la foule.

— Merci à Violetta, qui a ouvert le karaoké avec *Firework*, de Katy Perry ! Et maintenant, place à...

Je n'écoute plus. Je la cherche des yeux. Ne la trouve pas.

— Qu'est-ce qui t'arrive ? me demande Gianni. T'as l'air tout drôle...

— C'est l'effet Violetta, peut-être ! lance Sonia, malicieuse, avant de filer vers un client.

Gianni me contemple avec étonnement, se frappe presque aussitôt le front. Lui aussi se souvient. Le cheval gris pommelé, mon humiliation.

— Violetta, bien sûr ! s'esclaffe-t-il. Violetta « comme la couleur de tes yeux » ! Je me souviens : t'étais complètement stressé par les examens et tu...

— N'en rajoute pas, dis-je, piquant du nez dans mon cocktail. C'est juste que ça fait bizarre de la revoir. Si je la recroise un jour... Je vais forcément la recroiser. Je veux dire, elle est du coin, non ? Et tu la connais bien ? Au fait, elle fait quoi, cette fille ? La seule fois où je l'ai vue, c'était au haras...

— Ça en fait des questions, sourit Gianni.

Il termine son Stromboli, s'accoude au comptoir, scrute la foule, paupières plissées. Pendant quelques secondes, je crois qu'il cherche à la retrouver, mais je me trompe. Mon meilleur ami est en quête d'une proie pour la soirée.

— Violetta était apprentie au haras dell'Arno Nero, explique-t-il, sans quitter la piste des yeux. Elle s'occupait des chevaux, les entraînait, les préparait aux concours. Il y a trois mois, elle a été engagée pour travailler à plein temps chez Brandini...

Alvise Brandini. Plusieurs fermes. Des hectares et des hectares de vignes. Une écurie de champions et descendants de champions.

Livio, un fils arrogant, pourri gâté, que je subis depuis des années, puisque nos parents fréquentent les meilleurs cercles de la haute société.

Je ne peux m'empêcher de me demander s'il a des vues sur elle. À moins qu'ils n'aient déjà... Cette idée me donne la nausée.

— Tu veux qu'on aille lui parler?

La question de Gianni interrompt brutalement mes pensées.

— Je... Tu crois que...

— Violetta n'est pas méchante, tu sais! Un peu trop fêtarde – oui, même pour moi –, mais quand on sait ce qu'elle a...

Tout en parlant, il m'entraîne de l'autre côté du *Scarpia*. Vers le boudoir, comme on l'appelle entre habitués. Des alcôves intimes, meublées de vieux canapés et de gros coussins.

Un serveur circule parmi les tables basses et prend les commandes en ramassant les chopes vides.

— Qu'est-ce qu'elle a, Violetta?

Gianni n'a pas le temps de me répondre.

Elle est là, pieds nus, affalée sur une marquise de velours passé. Dans sa main, un verre de vin pétillant. Sa peau hâlée brille légèrement et ses cheveux sombres forment un voile troublant autour de ses épaules nues. Sur sa poitrine, le médaillon en forme de fleur semble imbibé de sang. À côté d'elle, sur un sofa, un jeune homme aux traits anguleux, moulé dans un débardeur qui souligne son bronzage, lève la tête en nous voyant arriver.

À cet instant, Violetta se redresse, lève sa coupe en guise de salut, la vide d'un trait. Une fois encore, sa beauté me coupe le souffle. Mais elle a un éclat particulier, ce soir. Un éclat fragile qui me donne, je ne sais pourquoi, l'envie de la serrer dans les bras et de la protéger.

Chapitre deux

Gianni commande une bouteille de prosecco[1] et des amuse-bouches, histoire de tenir au-delà de deux heures du matin. Rapidement, il commence à discuter, tête contre tête, avec Paolo. Je reste seul avec Violetta. Je me sens idiot.

— Alors, comme ça, tu travailles pour Brandini...

Une façon comme une autre d'engager la conversation.

— Nourrie, logée, vingt champions à entraîner, mille huit cents euros par mois et un jour de congé par semaine, répond-elle, vidant sa coupe avec une moue. Que demander de plus?

Un baiser? Je ne lui dis pas cela bien sûr, la regarde se resservir.

— Tu te plais, là-bas?

1. Vin blanc pétillant.

— Ça va. Ça va très bien même, reprend-elle, dévorant à belles dents des croquants aux olives. Je crois qu'avec le nombre de casseroles que je traîne, je ne pouvais pas tomber mieux. Ses chevaux sont super. Vraiment. Un mental d'enfer, une puissance qui me laisse sans voix. Capables de s'enfiler un parcours de cross sans sourciller et d'être à l'écoute du moindre signe quand tu prépares une reprise de dressage.

— Mais?

La tristesse assombrit son visage à l'ovale parfait. Elle hausse les épaules, détourne les yeux, fredonne les paroles de *Diamonds*, une chanson de Rihanna qu'une grande brune trop maigre pour son jean et sa chemise cintrée chante dans le micro.

Je me mords les lèvres, avec l'impression d'être plus stupide encore que tout à l'heure. J'aimerais raconter quelque chose d'intelligent, de drôle – n'importe quoi pour détendre l'atmosphère, pour chasser le nuage mélancolique qui l'éloigne de moi, pour qu'elle me regarde à nouveau. Mais mon cerveau est vide. Gianni et Paolo hèlent le serveur et demandent d'autres crostini. Le DJ annonce la fin du karaoké, reprend aussitôt la main avec le remix d'un tube italien récent.

Violetta secoue la tête en rythme, ses doigts tintent contre son verre.

— J'ai envie de danser, lance-t-elle brusquement, plongeant ses prunelles bleu-violet dans les miennes. Tu viens?

J'acquiesce, me lève à sa suite –, me fige, serrant malgré moi les poings. Devant nous, Livio, escorté par deux clones à peine moins bien habillés que lui.

Il a maigri depuis notre dernière rencontre. Il est plus musclé, plus adulte aussi. Séduisant, et pas seulement à cause de ses vêtements de prix et de son bronzage parfait. Mais ses sourcils épais, son regard bovin, restent les mêmes, et son sourire en coin lorsqu'il prend Violetta par la taille, se penche vers elle pour l'embrasser, me donne envie de frapper. Elle détourne la tête, le repousse avec un soupir.

— Qu'est-ce qui se passe, ma puce ? Tu ne veux pas me faire la bise ? demande-t-il, plaintif.

— Livio, on s'est vus ce matin aux écuries. On s'est vus cet après-midi pendant l'entraînement. C'est peut-être pas la peine de se dire bonjour toutes les deux minutes, tu crois pas ? Au fait, je te présente...

— On se connaît, coupe-t-il, me toisant sans aménité. Ça va, Armando ? Je ne savais pas que tu étais rentré...

Sous-entendu : tu repars quand ?

— Je suis arrivé de Bologne hier. Et toi, quand est-ce que tu te décides à couper le cordon ? La dernière fois, il était question d'un stage de six mois au Japon, non ?

Une riposte mesquine : Livio parle énormément, mais est incapable de se prendre en main. Incapable de travailler s'il n'a pas quelqu'un – son père, sa mère, un coach – pour le pousser. Alors, partir à l'étranger...

— Bon, on allait s'amuser, là, intervient Violetta. Tu nous laisses passer ?

Et, me tirant par la main, elle m'entraîne vers le centre de la salle. Au passage, je jette à Livio un coup d'œil triomphant. Il a l'air si dépité cependant que je ne puis m'empêcher d'avoir pitié de lui.

Autour de nous, des corps moites, des visages anonymes, éclairés par les lumières intermittentes des spots. Violetta virevolte, sensuelle, troublante, tout contre moi. D'abord gêné, je me laisse porter par la musique. Les chansons s'enchaînent, les gens se bousculent, Violetta secoue la tête, lève les bras en cadence. Son parfum de fleur d'oranger, mêlé à la sueur, me donne le tournis. Je voudrais m'alarmer de ses pupilles trop dilatées, de l'épuisement que je devine en elle, mais j'ai trop peur de briser cette nouvelle intimité, d'être balayé comme Livio l'a été. Alors, je m'imprègne de sa présence, je la dévore sans la toucher, j'espère qu'elle va se montrer raisonnable, retourner dans le boudoir, se rafraîchir – avec de l'eau, pour changer.

Elle tient bon. Un. Deux. Trois morceaux.

Vacille. Agrippe mon épaule, livide sous les spots.

Instinctivement, je l'enveloppe dans mes bras, la laisse s'appuyer contre moi et l'éloigne doucement de la foule.

— Faut que j'aille aux W-C, souffle-t-elle.

Ton rauque, haletant.

Je l'aide à traverser la pièce, à descendre l'escalier de pierres brutes tapissées de posters de chanteurs, d'affiches d'art. Botticelli et Rihanna côte à côte, pourquoi pas ? Il y a la queue, évidemment. Des conversations, des rires. Des effluves de transpiration, d'urine et de déodorant flottent dans l'air. Et, venant de la piste, les pulsations des basses.

— Je... Ça va aller, dit-elle.

Cachée derrière un rideau de cheveux, elle s'engouffre dans les toilettes des filles. Appuyé contre le mur, je recommence à respirer. Comme si, tout le temps où j'étais avec elle, j'étais resté en apnée. Je masse mes tempes, soudain épuisé. Sursaute quand une main familière se pose sur mon épaule. Gianni.

— Ça se passe bien, pour toi, on dirait ! s'exclame-t-il. Tu aurais vu la tête de Livio, quand vous êtes partis, Violetta et toi. S'il avait pu te tuer d'un regard, je te jure qu'il l'aurait fait sans hésiter.

De plus en plus inquiet, je guette la jeune fille qui ne revient pas. Me souviens des mots de mon ami tout à l'heure : *quand on sait ce qu'elle a...* Ce n'est peut-être pas à lui de me l'apprendre. Mais j'ai besoin de savoir. Savoir de quoi elle souffre, savoir où je mets les pieds.

— Gianni, je peux te poser une question ? Le problème de Violetta, c'est quoi ?

— Parce que ? interroge-t-il, venant se placer une marche en dessous de moi.

— Parce qu'elle a fait une espèce de malaise au milieu de la piste de danse, et que j'ai l'impression que ce n'était pas seulement à cause de l'alcool.

— Violetta est malade. Très malade.

Je croise les bras, prêt à encaisser la suite. Du moins, essayer.

— Elle a une grosse insuffisance cardiaque. Et si elle continue à faire n'importe quoi, elle aura de la chance si elle atteint vingt-cinq ans. Enfin, c'est ce qu'on m'a dit.

— Elle a... elle a quel âge?

Ton étranglé de petit garçon, peau glacée.

— Dix-huit à peine. Tiens, la voilà!

Son visage est blême sous son bronzage et son maquillage défait; ses prunelles brillantes, enfiévrées. Son pendentif, plus que jamais, semble gorgé de sang, comme s'il s'agissait d'un bijou-vampire, d'une pierre maléfique qui se nourrissait de sa vie. Elle ébauche un pâle sourire en nous apercevant.

— Merci de m'avoir attendue, Armando. Il ne fallait pas te sentir obligé...

— Tu plaisantes?

Laissant Gianni dans la file d'attente, nous rejoignons le rez-de-chaussée. Je crains un instant que Violetta ne décide de nouveau de se mêler aux danseurs, mais elle contourne la piste et me ramène vers le boudoir.

Livio et ses acolytes sont partis; Paolo, debout, discute avec une fille aux jambes interminables et à la chevelure claire ramassée en chignon. Je reconnais Sandra. Nous étions ensemble au lycée. Jolie, très sûre d'elle, Sandra papillonnait beaucoup et ne se déplaçait jamais sans sa cour. Quand ses parents s'absentaient, elle organisait de grandes fêtes dans la villa familiale. J'y suis allé une fois, sur l'insistance de Gianni. Trop d'alcool, trop de substances illicites, trop d'excès. Et Sandra trônait, reine des lieux, au milieu de ses admirateurs.

Violetta se crispe.

Quand nous arrivons près d'eux, je décèle en elle une telle tension qu'elle semble presque palpable. Soudain, je me souviens. L'adolescente couverte de poussière, l'adolescente que le cheval gris pommelé avait jetée par terre, le jour où j'ai vu Violetta pour la première fois, c'était Sandra.

Celle-ci se retourne, reconnaît Violetta, arque un sourcil, la toise d'un œil glacé. Derrière elle, Paolo grimace pour signifier qu'il est désolé, n'a pas pu l'éviter. Penaud, il se gratte le crâne et saisit la bouteille de prosecco.

— Je sers quelqu'un ? lance-t-il à la cantonade, essayant vainement de détendre l'atmosphère. Sandra, Violetta... Non ? Et toi ?

Je secoue la tête. Un Stromboli, un verre de vin, c'est déjà trop pour moi.

— On est juste passés récupérer nos affaires, déclare Violetta, ramassant à la hâte son boléro et le sac qu'elle a glissé sous la table. Tu viens, Armando ?

Abasourdi, je prends ma veste, la suis en esquissant un vague salut. Gianni ne se formalisera pas de mon départ. Au pire, je lui enverrai un texto. Une fois dehors, le calme de la nuit me surprend. À cette heure-ci, il n'y a plus grand monde dans les rues : quelques touristes noctambules, quelques fêtards décidés à regarder l'aube se lever sur le Duomo. On déambule dans les rues en silence, elle, perdue dans ses pensées, moi, obsédé par ce que m'a révélé Gianni, brûlant de la tenir contre moi et de l'embrasser, terrifié à l'idée qu'elle me repousse, plus terrifié encore à l'idée qu'elle me rende mes baisers. Et si je tombais amoureux ? Et si elle mourait ?

Avant vingt-cinq ans. Avant vingt-cinq ans... Elle en a à peine dix-huit! Elle est belle, magique, vibrante de vie et sa seule perspective, ce sont sept petites années de répit. C'est... dégueulasse.

— Qu'est-ce qui est dégueulasse ?

Je secoue la tête, furieux de m'être exprimé à haute voix.

— Rien, c'est juste que...

Oh, qu'ai-je à perdre, après tout ?

— Ce qui est dégueulasse, Violetta, c'est ce que j'ai appris sur toi.

Chapitre trois

Violetta s'arrête net. Plisse les yeux.

— Et t'as appris quoi, au juste ? siffle-t-elle.

Je réalise brusquement que je n'ai pas été très adroit.

— Je... C'est à propos de ta maladie. Du fait que... que tu n'aies peut-être que quelques années à vivre.

Elle hausse les épaules, rajuste son boléro avec un frisson et reprend sa marche, plus lentement cette fois. Je la suis en silence, terriblement gêné. Je n'aurais jamais dû lui révéler ce que je viens d'apprendre. J'aurais dû avoir la présence d'esprit d'inventer quelque chose, n'importe quoi – mais non. Il a fallu que je mette les pieds dans le plat. À croire que c'est une manie lorsque Violetta est là.

Dans la nuit finissante, le Ponte Vecchio est nimbé d'une brume bleutée. Les lumières, sous les arches, semblent des feux follets qui éclatent en dizaines de fragments miroitants sur l'Arno. Violetta s'accoude à la rambarde de pierre, pose le menton sur ses mains jointes et contemple le fleuve en silence. De profil, avec son nez droit, ses traits purs et délicats, elle ressemble à une sculpture de della Robbia.

Et moi qui demeure figé, passif...

Dans cinq ans, dans sept ans, que me restera-t-il d'elle si je ne fais rien ? L'image d'une cavalière dans le soleil ? Ce visage plongé dans la pénombre ? Tout cela parce que j'aurai été trop stupide et trop timoré pour lui parler ? Hors de question. Je refuse de baisser les bras, de laisser ma timidité gâcher la seule chance que j'ai de la connaître, peut-être de l'aimer.

L'aimer.

Le mot me paralyse. Le mot est évident. Trop d'émotions, de sensations se bousculent en moi depuis que je l'ai revue. J'ignore tout d'elle, mais j'ai le sentiment de l'avoir toujours attendue, que ma vie avant n'avait aucun sens, n'en aura plus jamais si elle disparaît.

— Je suis désolé, dis-je. Je ne voulais pas te blesser. C'est seulement que... Tu étais si mal tout à l'heure que j'ai vraiment eu peur. Gianni m'a plus ou moins expliqué que tu avais un problème de santé, alors, quand il m'a rejoint dans les escaliers, je l'ai interrogé.

— Gianni parle beaucoup trop.

— Je...

— Et toi, tu flippes beaucoup trop ! coupe-t-elle avec une moue insouciante. Je me suis sentie mal ? Et alors ? Ça m'arrive tout le temps, ça finit toujours par passer. J'ai appris à faire avec. Tu imagines, si j'arrêtais de respirer chaque fois que cette saloperie se rappelle à moi ?

— Tu as quoi, au juste ?

— Une maladie du myocarde. Le genre de merde qui te vient de ton père, de ta mère ou de ton arrière-grand-tante à la mode de Palerme. Ça saute une génération, ça ne touche pas ton petit frère, mais toi, tu n'y coupes pas. Tu nais avec, tu vis avec sans le savoir, et puis un jour t'as le cœur qui s'emballe, tu t'évanouis pendant un concours d'obstacles, tu te retrouves à l'hôpital et on t'annonce, après une batterie de tests, que tu mourras sans prévenir avant trente ans sauf si tu es sage et que tu fais bien attention à toi, et encore. Pas d'effort, pas de stress, pas de chevaux... Pas de chevaux ! J'avais dix ans, et on m'arrachait mes rêves.

Tant de douleur en elle. Tant de rage contenue.

Je voudrais la serrer contre moi, mais elle prendrait cela pour de la pitié. Me repousserait. Je me contente – c'est curieux, mais ce geste si intime me paraît beaucoup plus naturel – de repousser l'une de ses mèches de cheveux et de la caler derrière son oreille. Elle me regarde, un peu surprise, puis l'ombre d'un sourire, un sourire triste et doux, éclaire son visage.

— Et tu es quand même remontée...

— Pas au début, explique-t-elle. J'ai essayé, pourtant. Dès que je me suis sentie assez bien, je suis retournée au club. Mais ils ne m'ont pas permis de me remettre en selle : trop de risques, trop de responsabilités, le discours habituel, tu vois. Ils ont été sympas, remarque, ils ne m'ont pas empêchée de m'occuper des chevaux. Ça a duré quelques semaines. Et puis, un jour, on devait emmener les poneys au pré et l'une des monitrices m'a surprise, à cru, sur le dos de Nino. Je n'ai plus jamais mis les pieds là-bas. De toute façon, après, il y a eu mon frangin, le divorce des parents, et j'ai déménagé. Je suis désolée, je dois t'assommer avec ces histoires...

— Pas du tout. C'est juste que...

Je m'interromps, je cherche mes mots. Comment lui exprimer mon admiration, ma peur, mon envie de l'aider ? Elle lève un sourcil, fouille dans son sac à main, en sort des chocolats, en fourre un dans sa bouche et me tend le sachet.

— Ce sont des gianduiotti, me dit-elle. Je ne peux pas m'en passer.

J'aime bien, moi aussi, ces bonbons fourrés au gianduja. J'en prends un, le laisse fondre dans ma bouche. Violetta, elle, en mange deux autres avant que je termine le mien. L'aube se lève. Les immeubles retrouvent peu à peu leurs teintes crème, jaune et ocre. Je frotte mes mains l'une contre l'autre, j'inspire un grand coup.

— Violetta, dis-je enfin, je peux te poser une question indiscrète ?

— Tu connais l'adage : seules les réponses peuvent l'être !

— D'accord, alors... Pourquoi tous ces excès ? Je veux dire, le cheval, je peux comprendre, mais l'alcool, les nuits blanches, tu ne crois pas que...

— Ça n'est pas raisonnable ? interrompt Violetta. Et je devrais faire quoi, à ton avis ? Rester enfermée toute la journée, avec un job minable d'hôtesse d'accueil ou de secrétaire et m'abrutir chaque soir devant la télé?

— Non, mais...

— Si je n'avais pas les chevaux, les concours et mes nuits blanches, je ne serais plus là, poursuit-elle, les joues rouges, les yeux brillants. La mort aurait déjà gagné. Alors, c'est vrai, je bois trop, je sors trop, je prends des risques chaque fois que j'entame un parcours de saut d'obstacles ou de cross, mais c'est ma façon à moi de me soigner. Tu sais, quand tu es conscient que chaque jour est peut-être le dernier, tu ne perds pas de temps à calculer les risques. Tu vis.

Je n'avais pas vu la situation sous cet angle, bien sûr. Et si je la comprends, sa résignation me fait l'effet d'un coup de poing dans le ventre. Elle a eu des années pour s'habituer à sa maladie – comment peut-on s'y habituer? –, pour apprendre à faire avec, moi pas. Et l'idée que dans une semaine, dans un mois, demain peut-être, je ne la verrai plus me donne envie de pleurer, de frapper, de hurler.

— Ne fais pas cette tête! reprend-elle en mangeant un quatrième gianduiotto. Ce n'est pas la fin du monde, que je sache.

— Je ne veux pas te perdre.

Pour réponse, elle éclate de rire, s'étrangle à moitié avec sa friandise. Reprend son souffle et me dévisage, une lueur indéchiffrable brillant au fond de ses prunelles violettes.

— Me perdre? répète-t-elle. Enfin, tu me connais à peine!

— Je sais que l'an dernier, tu as réussi à calmer un grand hongre que personne ne parvenait à maîtriser. Je sais que ta voix est magnifique et que tu connais par cœur *Firework*. Je sais que tu n'aimes pas Livio et que tu détestes Sandra, je sais que tu adores le chocolat et que le monde serait infiniment triste sans toi!

Les mots sont sortis, en vrac, sans que je parvienne à les contrôler. À présent, mon cœur bat trop vite, je me sens à la fois fébrile et glacé.

Tout doucement, Violetta pose sa main sur la mienne. Je tressaute, m'humecte les lèvres.

— Ça n'en vaut pas la peine, Armando, murmure-t-elle d'un ton soudain voilé.

Je déteste le contenu de cette phrase, ses déclinaisons, ses implications. Elle n'en vaut pas la peine. Notre rencontre n'en vaut pas la peine et il est inutile de l'aimer, de m'attacher, de lui accorder un semblant d'affection, puisqu'elle ne sera bientôt plus là. Mon trouble s'efface, remplacé par la colère.

— Tu n'as pas le droit de dire ça, Violetta. Tu n'as pas le droit de décider de ta valeur ni de mes sentiments pour toi. Je ne te laisserai pas faire.

Tournant le dos au Ponte Vecchio, elle lève la tête vers moi.

— C'est quoi, ton problème? demande-t-elle, effleurant ma joue d'une caresse tendre et cruelle à la fois. Tu es amoureux de moi, c'est ça? Genre, le coup de foudre au premier regard ? Ou alors, ta copine t'a laissé tomber et t'as besoin de te raccrocher aux branches ? Tu perds ton temps, Armando…

— Je n'ai pas de petite amie et je ne te considère pas comme une bouée de sauvetage. Je… J'ignore ce que j'éprouve pour toi, Violetta. C'est peut-être de l'amour, ou peut-être un sentiment qui n'a pas encore de nom. Ce dont je suis sûr, c'est que je tiens à toi et que je deviens fou à la seule pensée que tu disparaisses.

Violetta se rapproche de moi, lève les doigts vers moi, comme pour m'empêcher de parler. Mais c'est trop tard. Je suis lancé, incapable de tarir le flot de paroles qui s'écoule de moi. Je lui rappelle notre première rencontre, gravée au fer rouge dans ma mémoire, je lui avoue que je n'ai jamais pu l'oublier, que c'est certainement pour cela que je n'ai fréquenté personne à l'université, parce que j'étais encore rempli de ses yeux bleu-violet, de son rire, de son parfum de fleur d'oranger et de cuir, de la vie qu'elle irradiait. Garçons, filles, tous paraissaient fades à côté d'elle. Si fades que je les voyais à peine. Je lui raconte ce soir, vu de l'autre côté des étoiles. Ma timidité, mes craintes. Et le bonheur de chaque instant passé à ses côtés. Je lui promets, enfin, de m'occuper d'elle, de chasser de son esprit ses idées noires, ses envies de boire pour narguer sa maladie, de s'étourdir pour ne pas penser à la mort, à ce qu'elle risque de perdre, à ce qu'elle a peur d'espérer.

Quand je me tais, à bout d'arguments, à bout de souffle, je m'aperçois que ses yeux sont pleins de larmes et qu'elle se mord les lèvres pour ne pas pleurer.

— Violetta, dis-je dans un murmure. Je suis...

Elle se dresse sur la pointe des pieds, m'embrasse doucement. Ses lèvres sur les miennes ont un goût de chocolat.
Notre baiser dure un instant – pour moi une éternité, une
seconde à peine.

— Tu veux bien me raccompagner jusqu'à l'arrêt
de bus ? Je vais rentrer au haras, je crois que je suis
fatiguée.

J'acquiesce sans un mot. Quand nous traversons le
Ponte Vecchio, mon œil accroche les dizaines de cadenas
suspendus aux lampadaires. Des amoureux y ont gravé
leur nom et jeté la clef dans la rivière, pour se porter
bonheur. Est-ce que Violetta et moi, nous les imiterons,
un jour ?

Arrivée sur l'autre rive, elle fouille dans son sac, en tire
un morceau de papier, griffonne son numéro de téléphone
dessus et me le tend.

— J'ai envie d'être seule maintenant, soupire-t-elle.
Envoie-moi un texto, si tu veux vraiment qu'on se revoie.

Silhouette fragile et noire, elle s'éloigne dans le matin,
me laissant seul, le cœur gonflé d'un douloureux mélange
de joie et de chagrin.

Chapitre quatre

Lentement, j'emprunte le chemin du retour. Sur la piazza Santo Spirito, les maraîchers préparent leurs étals : fleurs de courgettes, prunes rouges, basilic, artichauts, tomates et brocolis, par cageots entiers, trouvent leur place sur les tables. Un boulanger dispose ses pains, chauds et odorants, derrière une vitrine. Mon estomac gargouille. Je m'approche, demande une ciabatta et une dizaine de ciambelle[1]. J'en prends une : la pâte tiède du beignet fond dans ma bouche, exhalant une saveur douce, un peu sucrée, contre mon palais. J'aurais aimé que Violetta soit à mes côtés pour partager cet instant où Florence n'est pas encore tout à fait réveillée, où la journée commence, timide et fraîche comme une nouvelle vie.

Mais Violetta n'est pas là.

1. La ciabatta est un pain italien préparé avec de l'huile d'olive. Les ciambelle sont des beignets ou des brioches en forme de couronne.

Violetta attend son bus en frissonnant dans le matin. Je l'imagine, mangeant ses chocolats, triturant son pendentif écarlate, sa fleur couleur de sang. Seule. Épuisée. Rentrant chez Brandini, croisant Livio peut-être.

Bouffée de rage, de jalousie.

Elle a dix-huit ans à peine ! Que font ses parents ? Quel genre d'imbéciles inconscients et sans cœur sont-ils pour laisser leur fille se détruire ainsi ? Mon père et moi n'avons pas des rapports faciles. Le Commandeur[1], comme l'appelle Gianni, est un homme sévère et froid, exigeant à l'extrême. Quant à ma mère, accaparée par ses travaux d'expertise pour la salle des ventes et par la paroisse, elle n'a guère de temps à me consacrer. Cependant, jamais ils ne me laisseraient tomber – encore moins me mettre dans cet état.

Je remonte la via de Serragli, m'arrête devant la porte de la demeure familiale, cadeau d'un seigneur du seizième siècle à la courtisane dont il était follement épris. Je me demande ce que Violetta dirait, en voyant cette façade décorée de fresques florales et de trompe-l'œil. À chaque fois que je pense au passé de notre famille, à ses origines et à sa fortune, je suis envahi par la gêne. Comme si je ne méritais pas d'hériter de cette richesse. Comme si je devais m'excuser en permanence d'être né dans le luxe, de ne pas avoir besoin de travailler pour payer mes études, de ne manquer de rien. C'est idiot, je sais. Mais je ne peux m'empêcher de me sentir un imposteur.

1. Référence à la statue venue châtier Don Giovanni, dans l'opéra de Mozart.

L'intérieur est frais, plongé dans la pénombre. Je traverse le vestibule dallé de céramiques, je me rends dans la cuisine et prépare le café. Maria, notre femme de ménage et cuisinière, n'arrivera pas avant une heure. Cela me permet de réfléchir à ce qui s'est passé cette nuit, à ce que je veux faire.

Avec le café, fort, parfumé, je presse une orange. Puis je saisis une ciambella dans le sac et je m'installe pour manger. Tout est calme. Seul le tic-tac de la vieille horloge, dans la salle à manger, trouble le silence.

Je tire de ma poche le papier froissé sur lequel sont inscrits le prénom et le numéro de Violetta. Stylo noir. Écriture fine, nerveuse. Je ne suis pas graphologue et je ne suis pas sûr de croire à cette pseudoscience. Mais, là, maintenant, tout de suite, je donnerais cher pour en avoir un sous la main. Je sors mon portable, j'enregistre ses coordonnées. J'hésite un moment, et puis…

📱 Tu es dans le bus ?

📱 Oui

📱 La prochaine fois je t'emmène prendre un petit-déjeuner chez Rivoire.

La distance me donne l'audace et la répartie qui me manquaient : Rivoire est l'un des meilleurs chocolatiers de la ville. Violetta ne peut l'ignorer.

J'attends, le cœur battant, une réponse qui ne vient pas. Et si je m'étais montré trop direct ? J'aurais dû ajouter un ☺ ou un ^^ pour faire bonne mesure.

📱 Pourquoi pas

Ouf.
Encouragé par son texto, je poursuis.

📱 Si tu préfères, on peut aller dîner quelque part
   ou se faire un ciné ou même un concert ?

📱 WE prochain impossible il y a un concours
   et je dois être sur place

📱 Avant alors ?

📱 OK demain soir au haras mais pas tard

Elle a dit oui ! Soudain léger, j'ai envie de sauter partout, de danser même ! Je me sens comme un adolescent à la veille de son premier rendez-vous.

Je *suis* un adolescent à la veille de son premier rendez-vous. D'accord, ce n'est pas tout à fait vrai. J'ai eu quelques copines, une au collège, trois au lycée. Un score lamentable, j'en suis conscient. Disons qu'entre le stress de la scolarité, la pression parentale et ma timidité, je n'ai jamais fait de ma vie sentimentale une priorité.

À bien réfléchir, il n'y a eu que Gemma, avec ses mèches multicolores et sa passion pour Dante, dont j'aie été amoureux. On a passé deux mois et une nuit ensemble avant que la tornade paternelle ne mette un point aussi abrupt que définitif à notre belle histoire. Je doute que mes parents apprécient davantage Violetta, mais je m'en moque. Je suis majeur à présent. Ils ne peuvent plus m'interdire de voir une fille sous prétexte qu'elle a une mauvaise influence sur moi.

Fatigué, je monte me coucher. Au pied des escaliers, je croise Maria et la salue en réprimant un bâillement.

Ma chambre est située au deuxième étage. Plafond haut, poutres apparentes, vaste bibliothèque et, à l'opposé, mon lit. Mon bureau et mon ordinateur sont près de la fenêtre, juste à côté d'un vieux coffre d'ébène. Je me déshabille rapidement, me glisse entre les draps, ferme les yeux.

À l'extérieur, les cloches de Santo Spirito et de Santa Maria del Carmine sonnent huit heures.

Je me demande si Violetta est sur Facebook.

Ce serait l'occasion d'en apprendre plus sur elle, sur ses amis.

Je suis inscrit, mais je n'y vais jamais. Je dois avoir... dix amis, parmi lesquels Gianni et ma cousine Olivia, partie faire des études à San Francisco.

Je me lève, traîne les pieds jusqu'à mon PC.

Je l'allume, me frotte les yeux, épuisé. C'est idiot. Complètement idiot.

En fond d'écran, un ange de Fra Angelico. Internet. Facebook. Adresse mail. Mot de passe. Quel est mon mot de passe ? Agilulfe, je pense. Oui, c'est ça. C'est le nom du héros du *Chevalier inexistant*, d'Italo Calvino. Superbe réflexion sur l'existence et la pensée, l'absurdité de la vie. Je tape « Violetta ». M'interromps. Je ne connais même pas son nom de famille ! Je passe par Gianni. Son nombre de connaissances Facebook est décourageant. Je cherche Brandini... Brandini Anna, Brandini Celio. Brandini Livio. J'hésite. Haras Brandini. Je clique. Trois cent soixante personnes aiment la page. Parmi les premières : Violetta Valeri. Des papillons voltigent dans mon ventre. J'ai la gorge nouée. J'arrive sur son profil. En couverture, un cheval bai franchissant une haie. En photo, une rose tatouée, noire et rouge. Impossible de lire ses statuts sans être ami avec elle. Frustré, je lui envoie une demande et je retourne me coucher.

— Armando ! Lève-toi, il est midi passé !

La voix maternelle me tire du coma léthargique dans lequel j'étais plongé. Je me douche en vitesse, je m'habille et je rejoins mes parents, bon gré mal gré, dans la salle à manger. Mon père, crinière grisonnante, sourcils épais, trône en bout de table. Comme d'habitude ma mère est assise à sa droite, silencieuse. Une gazelle à côté d'un lion. Au menu : aubergines et poivrons grillés, fleurs de courgettes en beignet, filet de porc avec des haricots, prunes et café accompagné de petits gâteaux secs. Beaucoup trop copieux pour l'étudiant que je suis, beaucoup trop bon pour que je résiste à la cuisine de Maria ! Pendant le déjeuner, maman fait des allusions à la messe.

— Ce serait bien qu'on y aille tous ensemble, tu sais. Le père Francesco m'a demandé de tes nouvelles.

Le Commandeur, sévère, sourcils froncés, critique la cuisson de la viande, pose les questions d'usage sur mon retour, mes amis, mes projets.

— Évite de passer tout l'été en boîte de nuit, ce n'est pas sain.

— Oui, papa.

— Si tu arrives à convaincre ce bon à rien de Gianni de travailler, ses parents seraient ravis.

— D'accord, papa.

— À leur place, je lui aurais coupé les vivres – avant de s'éclipser pour fumer une cigarette dans son bureau.

Je remonte dans ma chambre, je résiste à la tentation de Facebook et j'envoie un texto à Gianni.

📱 Réveillé ?

Une minute plus tard, la sonnerie de mon téléphone retentit. Dix minutes plus tard, je suis dans la rue, direction le Duomo. Plus exactement, direction *Perchè no !...*, notre glacier préféré – peu importe le nombre de touristes qui s'y pressent l'été. Vingt minutes plus tard, vautré sur un banc, je déguste un mélange noisette-straciatella-coco en attendant Gianni.

Gianni me raconte Paolo, sa fin de soirée dans son studio sous les toits, ses envies d'abandonner son école de graphisme, de se lancer dans la photo, la bédé. Je l'écoute, jaloux comme toujours de son charme de dilettante, du don qu'il a de se faire aimer de tous – à l'exception de mon père.

Bien sûr, je sais que son insouciance est souvent feinte : Gianni chasse ses angoisses et ses doutes sous un vernis nonchalant. Je n'oublierai jamais le jour où il s'est décidé à faire son coming out. C'était en été, il y a trois ans. Nous n'étions pas nombreux, la bande habituelle : Gemma, Siro, ma cousine Olivia, Luca, lui et moi. Il tremblait. Il était terrifié.

Je me souviens encore de ses mots : « Faut que je vous parle d'un truc. Un truc qui m'étouffe, qui m'empêchera de vivre tant que ça sera pas sorti. Tant pis si vous me détestez. Enfin, j'espère que vous n'allez pas me détester, surtout toi, Olivia, parce que j'ai quand même adoré t'embrasser… Voilà. Je suis gay. »

Bizarrement, je crois que cela n'a surpris personne. Et, même s'il était déjà mon ami, c'est à partir de ce moment, ce moment où je l'ai vu vulnérable, mis à nu, que je l'ai réellement découvert – et compris, et aimé.

Nos glaces terminées, nous allons nous promener du côté du palazzo Vecchio, observant les touristes, essayant de deviner leur origine d'après leurs vêtements. Enfin, je me risque à aborder le sujet qui m'obsède depuis l'aurore.

— Tu ne m'as pas répondu l'autre soir. Tu la connais depuis longtemps, Violetta ?

— Deux ans, ou un peu plus. Pourquoi ?

— Comme ça, dis-je, me sentant rougir. Je me demandais juste... Elle est toujours comme ça ? Et où sont ses parents ? Tu sais ce qu'elle faisait, avant ? Je veux dire, elle ne vient pas de Florence... Je ne comprends pas pourquoi personne ne réagit ! Elle se détruit, et tout le monde s'en fiche ! Et...

— Stop ! m'interrompt-il, pilant au milieu de la place. D'abord tu poses tellement de questions que je ne sais pas par où commencer, ensuite explique-moi comment tu t'y prendrais, toi, pour arrêter quelqu'un qui a juste envie de vivre le plus intensément possible avant de tirer sa révérence.

— Je sais. C'est seulement que...

— Non, se récrie Gianni, l'air sincèrement désolé. Non, Armando. Tu n'es pas amoureux d'elle. Même si tu l'es, tu l'oublies. Violetta est une fille adorable, mais crois-moi, arrête les frais. Tout ce que tu vas réussir à faire, c'est te rendre malheureux.

— Je ne suis pas amoureux.

— Armando, je suis sérieux, là. Violetta n'a qu'une seule passion, une seule loyauté : les chevaux. Le reste ne compte pas. Ce que je veux dire, reprend-il plus doucement, c'est qu'au mieux, tu passeras un bon moment avec elle et vous resterez amis, au pire elle t'utilisera et te brisera en mille morceaux.

Je l'écoute tristement, certain qu'il a raison. Mais je n'ai aucune envie d'être raisonnable. Je préfère me fracasser le cœur, souffrir à en pleurer plutôt que renoncer. Parce que près d'elle, je me sens inspiré, imprévisible, courageux. Parce que, près d'elle, j'ai enfin la sensation d'exister.

Chapitre cinq

Quand j'arrive à l'entrée du haras Brandini, le soleil déclinant nimbe d'or les collines ombragées. En contrebas, un champ de coquelicots, puis un pré où broutent deux chevaux à la robe claire. Je gare mon scooter à l'extérieur des grilles. Deux bergers, poils gris emmêlés, viennent à ma rencontre en aboyant. Je les laisse me renifler, flatte la tête du plus calme et passe le portail.

Des Brandini, je ne connais que leur demeure, au nord-est de la ville. Jamais encore je ne suis venu ici. J'espère ne pas croiser Livio. Ni son père d'ailleurs. Mais un gros 4x4 est garé sous les arbres. J'en déduis que je n'ai pas été exaucé.

Je longe une allée bordée d'oliviers. Derrière, des paddocks. Dans l'un d'eux, il me semble apercevoir le grand bai qui est en couverture de la page Facebook de Violetta. Des hennissements retentissent du côté des bâtiments. Sans doute est-ce bientôt l'heure du repas.

Il y a trois carrières près des écuries. Deux petites et une plus large, dans laquelle sont disposés une dizaine d'obstacles d'une impressionnante hauteur. Au-delà se devinent un bois et un parcours de cross vallonné.

Les chiens filent, accueillent en bondissant de joie l'alezan caracolant et sa cavalière qui surgissent, au petit trot, d'une allée de sable clair. Violetta met pied à terre et, tenant sa monture en main, se dirige vers nous. Fasciné par son assurance et sa fragilité, je retiens mon souffle. Derrière elle, sa monture ne cesse de piaffer. Un garçon ébouriffé court à sa rencontre.

— Alors, Titania était comment, aujourd'hui ? demande-t-il.

— Elle progresse, seulement je doute qu'elle soit prête pour le concours du mois prochain. Surtout si c'est Livio qui la monte…

Livio participe à des compétitions ? Je l'ignorais, cela ne m'étonne qu'à moitié.

— Salut, dis-je, m'avançant dans leur direction.

Entendant ma voix, Titania sursaute.

Le palefrenier me dévisage, étonné. Violetta, elle, fronce les sourcils.

— Qu'est-ce que tu fiches ici ? me lance-t-elle d'un ton peu amène.

Je recule, mains levées.

— On devait dîner ensemble, mais si tu as mieux à faire…

— Désolée, j'avais zappé. J'ai passé une sale journée et je suis crevée.

— Je comprends. On peut reporter si tu préfères ?

Ma voix tremble malgré mes efforts. Elle secoue la tête, repousse une mèche rebelle, lève vers moi ses iris bleu-violet.

— Non, non ! C'est juste que je risque de ne pas être de très bonne compagnie, ce soir.

Je hausse les épaules. Je me sens misérable, je voudrais lui dire que je préfère m'en aller, la laisser se reposer, mais j'en suis incapable. Alors, je reste planté là, blessé et muet.

— Paco, aide-moi s'il te plaît.

Elle lui tend les rênes de l'alezane, ôte la selle et le tapis, les guêtres et les protège-boulets, puis reprend la jument, l'emmène vers un plateau de béton légèrement surélevé et lui douche les membres. Ses petites oreilles mobiles en alerte, Titania ne cesse de bouger. Violetta tourne autour d'elle, silencieuse, mais sereine. Je songe à ce que m'a dit Gianni à son sujet : la seule chose qui compte, ce sont les chevaux. En l'observant, je me rends compte à quel point c'est vrai. Avec Titania, elle se montre infiniment patiente et douce, ferme sans jamais imposer une domination que la jument ne saurait accepter. Avec les gens, elle est brusque, parfois méchante.

Violetta regagne l'écurie, donne des ordres à Paco ainsi qu'au second palefrenier, un jeune homme d'une vingtaine d'années, à la peau mate et aux yeux sombres. Puis, équipée d'une trousse de soins, elle disparaît dans le box d'un certain Coviello.

N'osant la déranger, j'en profite pour visiter. La plupart des stalles sont vides, mais j'attire l'attention d'une jolie pouliche isabelle appelée Flora. Celle-ci frotte sa tête contre mon épaule, ravie que je caresse son chanfrein, gratte ses joues et l'arrière de ses oreilles. Pendant quelques minutes, j'oublie le poids qui pèse sur ma poitrine et m'oppresse.

Violetta referme la porte de Coviello. Au même moment, Livio pénètre dans le bâtiment, se dirige vers elle, tente de l'embrasser.

Sur la bouche.

Instinctivement, je crispe la mâchoire et les poings.

— Qu'est-ce que tu veux, Livio? interroge-t-elle, agacée, se dirigeant vers un gris pommelé au regard curieux.

— Je voulais savoir comment ça s'était passé, avec Titania.

— Bien, mais elle ne sera pas prête à temps. Je t'avais prévenu, quand tu l'as achetée, ajoute-t-elle sèchement devant sa mine déçue. Titania n'a pas six ans! Elle a du potentiel, mais pour le moment elle est beaucoup trop sensible pour supporter la pression, même sur un simple concours de saut d'obstacles.

— Et si tu la montes?

— Je suis son entraîneuse, pas sa cavalière.

— Tu n'es pas obligée de te cantonner à ce rôle, tu le sais bien!

— Livio, mon job c'est de faire de ces chevaux des super cracks, d'accord? Pas de participer à n'importe quelle compétition, encore moins de me pavaner au milieu d'une foule de bourgeois guindés pour qui je ne serai jamais qu'une fille arrivée à la force de son soutien-gorge.

— Ce n'est pas vrai !

— Ah bon ? siffle Violetta. Demande à ta copine Sandra ce qu'elle en pense alors. Demande aux amis de ton père, à tes copains du haras dell'Arno Nero !

— Qu'est-ce que cela peut te faire, ce qu'ils disent de toi ? Papa t'a engagée parce qu'il croit en toi, en tes capacités, tu l'as prouvé d'ailleurs, le mois dernier à Fiesole, et moi...

— C'étaient des épreuves régionales, Livio. Pas un show pour amateurs friqués.

— T'exagères ! Ce...

— Je ne suis pas d'humeur. Retourne à Florence et fous-moi la paix. S'il te plaît.

Piètre rival, il baisse la tête et s'éloigne, voûté, malheureux. Violetta le suit du regard un moment, puis se détourne et termine les soins.

Flora souffle doucement dans mon cou. Je la caresse sans conviction, perturbé par la scène à laquelle je viens d'assister. Déçue, la jument se détourne et commence à manger son foin. Je suis heureux que Violetta ait repoussé les avances maladroites de Livio. Pourtant, son cynisme me terrifie. Est-elle lucide ou tellement habituée à prendre des coups qu'elle a décidé une bonne fois pour toutes que la meilleure défense était l'attaque ? Pas le temps de réfléchir plus avant. Elle a rangé le matériel vétérinaire, vient dans ma direction.

— Désolée, Armando, me dit-elle avec une moue d'excuse. Je ne suis pas d'humeur à sortir, finalement. Je n'ai pas arrêté de la journée : Angelo a fait un début de colique, Lupo et Titania m'ont épuisée.

— Pas de problème, je te laisse tranquille.

Hors de question d'insister et d'être rabroué.

— Non, reste ! Il y a de quoi manger dans mes placards, et si tu veux, après on se baladera un peu.

J'acquiesce, la suis jusqu'à son studio, une pièce confortable avec une banquette encombrée de coussins colorés, une table basse, des étagères remplies de vêtements, de livres, de magazines et de CD, une penderie et une petite cuisine américaine. Violetta sort des olives et deux verres à pied décorés de fleurs multicolores qu'elle remplit de San Pellegrino[1].

— Fais comme chez toi, je vais me doucher.

Pour lutter contre le trouble que m'inspire l'eau qui coule sur son corps nu et chasser de mon esprit la rose tatouée sur sa peau entrevue sur Facebook, j'examine sa bibliothèque. En vrac, des nouvelles de Dino Buzzati, des albums d'Adela Turin, cinq tomes d'*Anita Blake, tueuse de vampires*, quelques thrillers, de la poésie, beaucoup d'ouvrages sur les chevaux, *Le Château des destins croisés*, d'Italo Calvino.

Italo Calvino. Je me demande si elle aimerait son *Chevalier inexistant*. C'est l'un de mes romans préférés. Quand je l'ai lu la première fois, je me suis attaché à l'histoire rocambolesque d'Agilulfe, pure pensée dans une

1. Eau pétillante italienne.

armure, de son écuyer Gourdoulou, corps sans conscience, et de la fougueuse Bradamante, brûlante de vie et de passion. À la deuxième lecture, je me suis identifié à ce triste chevalier. Comme lui, j'avais la sensation trop fréquente de n'être pas réel, de passer à côté de tout à force de trop intellectualiser.

La porte de la salle de bains s'ouvre. Violetta me rejoint, embaumant la fleur d'oranger et le miel. Le sang pulse dans mes veines. Aurais-je trouvé ma Bradamante ?

— Aubergines, fromage, prunes et chocolat, ça te va ? me demande-t-elle, posant la main sur mon avant-bras.

Je hoche la tête, troublé par le contact de sa paume sur ma peau nue. Elle s'en aperçoit, laisse échapper un petit rire et, me prenant par la main, m'entraîne vers le comptoir et me désigne un tabouret de bar.

— Assieds-toi, je nous prépare à manger.

— Je peux t'aider...

— J'aime cuisiner.

Je l'observe, adorable dans sa tunique de coton froissé et son jean. Un vernis rose vif orne ses doigts de pieds. Une couleur à la fois kitch et terriblement émouvante.

Bientôt, des effluves de légumes grillés embaument la pièce. Quand elle se retourne vers moi, je remarque qu'elle a changé de pendentif : la fleur qu'elle arbore aujourd'hui a la couleur de l'ambre. Cela me rassure. Le rouge sang me met mal à l'aise, m'évoque la maladie et la mort. Levant sa coupe, elle me dévisage entre ses longs cils noirs.

— À quoi buvons-nous ?

— À toi, dis-je, rougissant sous son regard amusé.

— À notre rencontre, Armando, corrige-t-elle, faisant tinter son verre contre le mien. Et à ta patience...

Je hausse les épaules, bois une gorgée de Blue.

— Il y a quoi entre Livio et toi ?

Les mots ont jailli, stupides, irréfléchis. Je voudrais les ravaler, les enfouir au plus profond de moi, mais il est trop tard, ils flottent entre nous, en suspens. Violetta saisit une olive, la glisse délicatement entre mes lèvres. Je sursaute. Joues brûlantes, jambes en coton. Une brûlure délicieuse, douloureuse, envahit mon bas-ventre.

— Qu'est-ce que cela peut te faire ? sourit-elle. Tu es ici, et lui non.

— Mais...

— Stop ! Je te plais, tu me plais. C'est aussi simple que ça. Pourquoi ne pas profiter de l'instant présent ?

Alors, se penchant au-dessus du comptoir, elle enserre mon visage de ses mains et m'embrasse longuement.

Je bascule, étourdi, dans le tourbillon enivrant du désir.

Chapitre six

Un mouvement me tire du sommeil. Contre moi, le corps tiède de Violetta. Orange, miel et, dans ses cheveux, une douce fragrance de jasmin. J'ouvre les yeux. Il fait encore nuit. Je soupire, caresse doucement sa hanche, suivant du bout des doigts la rose tatouée que je ne vois pas. D'une discussion entrecoupée de baisers, de rires en chuchotements, nous nous sommes endormis sur cette banquette étroite, il y a... un instant, une éternité, je n'en sais rien.

J'ai l'impression d'un miracle, d'une parenthèse fragile née de nos désirs mêlés, de notre tendre dispute aussi. Elle ne veut pas que je tombe amoureux d'elle, me l'a défendu. Je lui ai répondu – nos caresses m'ont donné une audace dont je ne me savais pas capable – qu'il était trop tard, qu'elle m'avait piégé, un an plus tôt, au premier regard. Elle s'est moquée de moi.

C'est vrai que mon aveu faisait un peu cliché.

Alors, je lui ai parlé d'Agilulfe, le chevalier inexistant de Calvino. Je lui ai expliqué qu'avant de la rencontrer, j'étais vide, un automate bien éduqué, propre et discret. Grâce à elle, je me sentais enfin incarné.

Cela l'a touchée. Elle s'est défendue, m'a dit que j'étais beaucoup trop gentil et qu'elle ne l'était pas, ne l'était plus depuis longtemps. Je lui ai demandé si elle croyait vraiment que les autres la prenaient pour une arriviste sans scrupule. Ses mots à elle – traînée, petite pute –, je les ai étouffés d'un baiser.

La vérité, c'est que Violetta se moque pas mal de ce que pensent les gens, même si cela la blesse parfois. Elle ne veut pas d'attaches – ni sentimentales ni affectives. Pas de responsabilités. Elle m'a juste parlé d'un rêve un peu fou, d'un pari qu'elle aimerait remporter : monter Falco della Montana, ancien champion devenu incontrôlable, dangereux, et le remettre dans le circuit.

Danger. Vitesse. Passion.

C'est ce qui la fait vivre. Ce qui lui permet de conjurer le sort et la maladie. C'est ce qui m'effraie et qui m'attire en elle.

Les minutes s'écoulent. Impossible de trouver le sommeil. Violetta envahit toute la pièce, s'infiltre comme une musique entêtante dans mon esprit, dans mon cœur. Je me souviens de nos étreintes, de nos confidences. Des moments intimes, que je souhaiterais prolonger indéfiniment. Je me gorge de sa présence, de son odeur, de son souffle léger sur mon avant-bras.

Puis l'obscurité devient pénombre. Des clartés mauves baignent la pièce. La sonnerie d'un téléphone – une chanson d'Adele je crois – retentit, brise la magie de l'instant.

Violetta s'ébroue et se frotte les yeux, presque surprise de me trouver auprès d'elle. J'ai beau m'efforcer de prendre sa réaction à la légère, je me sens heurté par son attitude. Elle s'en aperçoit, m'embrasse le bout du nez.

— Il faut que je te chasse, Armando, m'explique-t-elle. J'ai beaucoup de travail, et Brandini doit venir en début de matinée. Je n'ai pas très envie qu'il te voie ici.

Je fronce les sourcils.

— Tu peux prendre une douche, si tu veux, ajoute-t-elle, coupant court à toute discussion. Pendant ce temps, je préparerai le petit-déjeuner.

J'obéis. À quoi bon tout gâcher avec des questions ?

Minuscule, la salle de bains de Violetta embaume : un savon vert amande et prune au parfum de fruits, un autre aux agrumes ; deux flacons de parfum, du maquillage, des crèmes, des shampoings. Je déniche une serviette propre et un gant, je me débrouille comme je peux avec des odeurs de citron vert et de pamplemousse, me lave rapidement. Quand je la rejoins, l'arôme du café a envahi la pièce principale. Deux tasses fumantes sont posées sur le comptoir, ainsi que des tranches de pain grillé, du beurre, du fromage et du miel. Violetta a déjà commencé à manger.

— Désolée, s'excuse-t-elle. Je n'ai pas beaucoup de temps…

— J'avais compris !

J'attends d'avoir un peu grignoté et avalé une gorgée pour poser la question qui me brûle les lèvres.

— On se revoit quand ?

Violetta baisse la tête. Le rideau sombre de sa chevelure voile son visage. Elle croque dans une tartine. Ne répond rien.

Je crispe les doigts autour de mon mug, retiens l'envie de la supplier, de la secouer, de l'embrasser. Elle connaît mes sentiments. Pourquoi ce silence ? Craint-elle que je m'effondre si elle refuse ? Que je devienne aussi gluant que Livio ? Même si mon cœur se serre à l'idée que cette soirée était peut-être la seule, je respecterai son choix, quitte à partir de Florence. Rendre visite à ma grand-mère, du côté de San Gimignano, pourquoi pas. Ou proposer à Gianni cette virée berlinoise dont on parle depuis deux ans – lui pour les nuits *underground* et la musique, moi pour les musées et l'histoire étonnante de cette ville en perpétuelle chrysalide.

— Ce ne serait pas très raisonnable…

Et voilà. Ça fait mal, bien plus mal que je ne le pensais.

— Mais je n'ai pas envie qu'on en reste là, ajoute-t-elle d'une voix étranglée.

Je retiens mon souffle, les mains tremblantes.

— Promets-moi quelque chose, Armando…

— Tout ce que tu voudras.

— Attention, tu pourrais regretter tes paroles ! reprend-elle, levant la tête vers moi avec un sourire taquin.

— Demande-moi la lune, je te l'apporterai, dis-je, soudain débarrassé de l'étau glacé qui comprimait ma poitrine.

— Tu ne veux pas arrêter deux minutes les clichés ?

Je hausse les épaules, termine d'une traite mon café et pose ma main sur la sienne.

— Alors ?

— Je veux que tu me fiches la paix quand je te le demande, que tu ranges ta possessivité au placard et... Si, Armando ! Tu es jaloux de Livio, ne mens pas ! Bref, termine-t-elle, que tu me laisses respirer. Tu crois que c'est dans tes capacités ?

En somme, elle me demande de rester en dehors de sa vie, d'être le gentil garçon que l'on siffle quand on a un coup de blues ou besoin de tendresse. Un mélange de *sex-friend* et de chevalier servant.

Je devrais refuser. Pour moi, parce que c'est accepter d'être traité en pantin, de nier mes sentiments et ce que je suis. Pour elle, parce qu'elle mérite mieux que se cacher derrière ce masque d'indifférence et de provocation.

— Je vais essayer, Violetta.

Joyeuse, elle dépose un doux baiser sur mes lèvres.

— Alors je te textote dans la semaine, promis !

Et elle disparaît dans la douche.

Je demeure un instant immobile, partagé entre la joie et l'amertume. Puis je ramasse mes affaires, je regagne le portail du haras et je rentre à la maison.

Lundi soir : rien.

Mardi, je vais sur Facebook. Nous sommes amis, à présent. Je regarde ses statuts.

« *Un jour moi aussi...* » au-dessus d'une vidéo montrant Fuego XII, un pure race espagnole, et son cavalier, dansant au rythme du flamenco nuevo. Quinze personnes aiment. Dans les commentaires, Livio. « *J'ai confiance en toi! Peut-être avec Titania, qui sait?* » Imbécile.

Mercredi. Début de journée studieux : ma mère a pris sa matinée pour me présenter les derniers objets expertisés par son cabinet et me demander de les évaluer. Je tombe juste sur trois statuettes étrusques et une fausse madone de Luca della Robbia. Je me trompe sur deux tableaux et une statuette de bronze. L'après-midi, je le passe en compagnie de Gianni et Paolo. Je me retiens de poser des questions sur Violetta. Mais quand ils évoquent une soirée au *Babylon*, un club branché du quartier de Santa Croce, le lendemain, je ne peux m'empêcher de leur demander si elle y sera. Réponse, d'une même voix : « Évidemment! » Ça me fait mal. Comment savent-ils qu'elle y va? Pourquoi les a-t-elle prévenus, et pas moi? Elle ne m'appelle pas. Ne m'envoie aucun SMS. Mon cœur est en morceaux. Retour à la maison, je me précipite sur Facebook. Je regarde ses statuts.

« *Flora avale les oxers et les haies! C une future championne!!!* »

Flora, c'est la petite jument qui me réclamait des caresses, l'autre jour. Beaucoup de « *like* », quelques commentaires. Je fais défiler. Tombe sur le message d'un certain Eros. Je ne le connais pas, mais avec un prénom pareil, je le déteste déjà.

> **Eros** : Tu seras au Babylon, demain ?
> **Violetta Valeri** : Yep
> **Eros** : Cette fois ma belle tu ne m'échapperas pas.
> **Violetta Valeri** : ^^

Qui c'est, celui-là ? Je vais sur sa page. En couverture, une sorte d'ange déchu. En photo de profil : gros plan sur un portrait noir et blanc d'un type que j'aimerais trouver laid et qui ne l'est pas. Je consulte la liste des personnes disponibles pour chatter. Elle est là. Je clique sur son nom. Lui envoie un mot.

> *Coucou*
> *Comment ça va ?*

Elle se déconnecte à ce moment-là.

Elle l'a fait exprès, j'en suis sûr. Pour ne pas me parler, pour me rappeler que je dois attendre qu'elle me contacte, que nous avons un pacte – je dois le respecter.

Et moi qui croyais qu'il y avait quelque chose de spécial entre nous ! Quel idiot…

Jeudi. Quasiment pas dormi. J'ai lu jusqu'à deux heures du matin. Je me suis tourné et retourné dans mes draps. J'ai rallumé, attrapé un bouquin de droit, espérant être assommé. Les mots dansaient devant mes yeux, mais mon cerveau galopait trop vite, impossible de le maîtriser. Je me suis effondré à l'aurore.

Au saut du lit, j'envoie un texto à Gianni. Lui demande si je peux m'incruster au *Babylon*. Pas de problème, tant que je me plie au *dress code* : noir rétro pour aller avec le thème de la soirée.

Ça me va.

Mon éducation m'aura au moins appris le tango, la valse et le rock. Et si ces danses sont mixées avec de l'électro, j'improviserai. Un peu rasséréné, je me prépare à sortir.

Après dîner, à mon père qui me demande, sourcils froncés, où je compte aller ainsi accoutré, je réponds évasivement et me précipite dehors pour éviter ses commentaires. Ce soir, je ne veux ni remarque ni reproche. Je veux juste revoir Violetta.

J'en ai besoin.

Pour entendre de nouveau mon cœur battre.

Pour vivre de nouveau.

Tant pis si je dois souffrir.

Chapitre sept

Les boîtes de nuit, je n'aime pas trop ça. Bien sûr, à l'exception du *Scarpia*, où Gianni me traîne régulièrement et du *Cavalli Club*, pour quelques soirées privées organisées par des amis de mes parents, je n'en connais pas beaucoup. Quel que soit le décor – palazzo décadent, église désaffectée ou hangar moderne, je ne suis jamais à l'aise. Je m'adapte, bien sûr. Je fais bonne figure, je ne montre rien – question d'éducation. N'empêche, je ne me sens pas à ma place dans ces clubs –, au *Babylon*, bruyant, extravagant, encore moins qu'ailleurs.

Gianni a tenu à ce que nous allions boire un verre avant, histoire de ne pas arriver trop tôt. Après un cocktail concocté par le double italien de Justin Bieber, je devrais être plus détendu, mais je n'y arrive pas. Peut-être est-ce parce que je guette, fébrile, la silhouette de Violetta ?

Sur la piste, des filles en petites robes noires, bustiers fifties, jupes glamour et des garçons aux cheveux gominés se démènent sur des classiques sauce électro. Appuyé contre un mur, un verre à la main, je les observe sans les voir. Près de moi, Gianni, en pleine discussion avec deux clubbers dont j'ai déjà oublié le nom, bouge au rythme des basses sans se décider à rejoindre les danseurs.

Violetta, où es-tu ? Je t'imagine dîner avec Livio, restaurant bling-bling pour t'impressionner, boucles d'oreilles ou pendentif hors de prix pour t'acheter. Pire, je te vois rire et te promener le long de l'Arno, t'arrêter pour grignoter dans un kiosque au bras de cet Eros qui semblait tant t'amuser. J'ai trop chaud, trop froid, la jalousie m'étouffe et tu n'es même pas là. Je bois vite, me dirige vers le bar pour commander un autre Stromboli. D'habitude je n'aime pas perdre le contrôle. Ce soir, je crois que j'en ai envie. Je le regretterai demain, tant pis. Je n'ai été ivre qu'une fois : l'an dernier, juste après les examens. C'était ma première incursion au *Scarpia* – en compagnie de Gianni, bien sûr, et de camarades du lycée. J'ai vomi et, le lendemain, un mal de crâne terrible m'a cloué au lit une partie de la journée. Heureusement, je ne dormais pas chez moi : mon meilleur ami avait tout prévu !

Je me tourne vers la scène en grignotant des olives. Éclairés par des spots intermittents, quelques audacieux se sont lancés dans un rock acrobatique périlleux. Mon cœur manque un battement quand j'aperçois une petite brune aux cheveux coiffés en chignon virevolter dans les bras de son cavalier – mais ce n'est pas Violetta.

Le temps passe. Des valses remix alternent avec des morceaux de salsa. Entre les lumières des stroboscopes et la foule, il m'est impossible de repérer Violetta. Inutile de rester. Je termine mon cocktail d'un trait, paie ma consommation, me dirige vers la sortie. Mes oreilles bourdonnent. Mon corps me semble lourd, conséquences de l'alcool, de la chaleur, de mon humeur certainement. Je suis tellement hébété que je peine à reconnaître le premier morceau, une version électro de *La Cumparsita*. Je ralentis. Une main se pose sur mon bras. Je me retourne, espérant Violetta. Non. Ce n'est que Sandra.

— Tu viens?

— Je...

— Je sais, d'habitude c'est à l'homme d'inviter, mais...

J'hésite un instant. Cette fille trop gâtée ne m'intéresse guère, toutefois l'idée que Violetta la déteste et nous verra peut-être danser ensemble me décide.

— D'accord.

Je l'entraîne sur la piste. Électro ou classique, les pas restent les mêmes. Je n'apprécie pas Sandra, mais elle s'accorde bien avec moi et, avec ce *medley* de Gotan Project, je commence même à m'amuser. Je ne m'en rends pas compte tout de suite, nous ne sommes plus si nombreux sous les projecteurs. Une vingtaine de couples, tout au plus. L'ambiance du *Babylon* a changé. Il y a ceux qui dansent et ceux qui regardent. L'âme du tango imprègne la salle. Le DJ le sent bien d'ailleurs et intervient de moins en moins.

Sandra, essoufflée, me fait signe qu'elle a besoin d'une pause.

Je la raccompagne hors du cercle. Est-ce l'alcool ? Le tempo ? Je suis – pour une fois – dans mon élément et ne ressens aucune fatigue. Je cherche Violetta. Je nous imagine emportés, luttant dans un duel rythmé par la musique. Dans mon esprit, des flashs. Fragments de films, décors clichés du Buenos Aires des assassins.

Si je la trouve, si je l'entraîne, le *Babylon* disparaîtra. Il n'y aura plus que nous deux, les mauvaises lumières d'un tripot, la passion et, tapie dans l'ombre, la menace sourde d'une tragédie.

Quand les premières mesures de *La Cumparsita*, classique revu et corrigé par Gotan Project, résonnent, je la vois enfin. Pas de paroles, mais des rythmes électro, pulsations d'un cœur jaloux de tanguero.

Elle a ramené ses cheveux en chignon et porte une robe courte à franges, type années vingt. Autour de son cou, son pendentif écarlate ; à ses oreilles, des boucles d'oreilles assorties. Un verre à la main, elle discute et rit avec un jeune homme aux cheveux attachés en catogan. Eros.

L'alcool, la musique, la jalousie, me donnent le courage qui me manquait. Sans réfléchir, je me dirige vers eux. Me voyant arriver, Eros croise les bras, méfiant. Violetta arque un sourcil étonné, me dévisage, un peu troublée.

— Je… Je ne pensais pas te voir ce soir, dit-elle. Je croyais que tu n'appréciais pas trop les boîtes de nuit.

Est-ce pour cela qu'elle est venue? Je chasse cette pensée stupide, lui tends la main.

— Pas trop, non. Mais le tango, si. Tentée?

Elle secoue la tête en riant. Eros me lance un regard noir, mais se tait.

— Je ne sais pas danser ce truc, Armando.

— Je te guiderai!

Je lui prends la main.

Contact électrique.

Nous sursautons tous les deux.

Elle se mord la lèvre, hésite puis détourne les yeux.

— Désolée, Armando. Je n'en ai pas envie.

Puis, sans me prêter attention, elle termine son cocktail et entraîne Eros vers le bar.

La fin du morceau, violons grinçants, basses tragiques, m'accompagne, la tête lourde, l'âme en miettes, jusqu'à la sortie.

L'air de la nuit me pique les yeux. À moins que ce ne soient les larmes et que je ne parvienne pas à les retenir. Qu'est-ce que je me suis imaginé, aussi? Qu'elle allait tomber dans mes bras parce qu'elle m'a vu sur la piste, parce que je me suis comporté comme un tanguero de pacotille, comme un imbécile?

Je n'ai pas respecté notre accord.

Je traverse la piazza Santa Croce. Des noctambules s'y promènent.

Un couple – un jeune homme blond et son amie, cheveux noirs, menue – attire mon attention. Ils nous ressemblent.

Nous aurions pu, dû, être à leur place.

Mais cela ne se produira pas.

Parce que j'ai tout gâché.

Parce qu'elle a tout gâché, avec ce pacte derrière lequel elle se cache pour éviter de s'impliquer, de reconnaître ses sentiments. Quand je passe de l'autre côté de l'Arno, la tristesse, la souffrance, ont laissé place à la colère. Une colère froide, violente.

Violetta ne veut pas d'une relation normale ? Très bien. Je jette l'éponge. Mais pas avant de lui avoir dit ce que je pensais de sa lâcheté. Une fois dans ma chambre, j'ouvre mon ordinateur, me connecte sur Facebook, vais sur sa messagerie. Commence à écrire.

Violetta,

Je suis navré pour ce qui s'est passé tout à l'heure. Navré pour toi, navré pour moi. Navré pour un nous qui n'a sans doute existé que dans mon imagination. Mais cela m'aura permis de comprendre une chose : ton pacte, je n'en veux pas. Je ne suis pas Livio, je ne suis pas Eros. Je n'ai aucune envie de faire partie de ton sérail de sex-friends transis. Et je n'ai aucune envie d'être le complice passif de ton autodestruction. Je ne parle pas de tes excès en soirée (tu sais ce que tu fais), encore moins de ton métier (je t'ai vue avec les chevaux, tu es géniale), mais de la manière dont TU te considères, qui te démolit et te sert de prétexte pour ne pas vivre. Tu sais, jusqu'à ce soir, je pensais que c'était moi, le chevalier inexistant coincé dans son armure, et toi la belle Bradamante pleine de passion. Je me rends compte que je me trompais.

À force de te cacher derrière ta maladie (la vie est trop courte pour s'attacher), de t'inventer des excuses pour continuer à t'abîmer corps et âme (c'est tellement plus simple de se répéter qu'on n'en vaut pas la peine), TU N'EXISTES PLUS. C'est quoi pour toi la vie, Violetta ? Boire, prendre des pilules, danser jusqu'à l'épuisement et coucher avec n'importe qui ? Tu te sens vivante quand tu prends ton bus le matin avec ton maquillage défait et un sale goût dans la bouche ? Moi, je ne crois pas. Je crois que ce qui te fait vraiment vibrer, ce sont les chevaux. Parce que tu les aimes, c'est clair. Mais aussi parce que c'est le seul moment où tu as le cran d'être toi-même, de ressentir des émotions, de te mettre en danger. Parce que c'est le seul moment où tu ne te CACHES pas derrière ton armure.

Tu n'es pas Bradamante, moi non plus. Je n'ai pas envie de passer l'été à essayer de transpercer ta carapace en espérant ne serait-ce qu'un instant de sincérité. En es-tu capable, d'ailleurs ? Je n'en sais rien.

Alors, j'abandonne.

Armando

Je ne me relis pas. J'aurais trop peur d'hésiter.

Puis j'inspire un grand coup et j'appuie sur la touche envoi.

Chapitre huit

— Debout, Armando!

La voix de ma mère me réveille en sursaut. J'ouvre les yeux, devine sa silhouette en contre-jour, devant la fenêtre ouverte. L'espace d'un instant, je me crois revenu deux ans en arrière. Ma tête lourde, ma bouche pâteuse, me ramènent vite à la réalité. Hier, je suis allé au *Babylon*. J'ai trop bu, j'ai dansé le tango, j'ai croisé Violetta.

Je me redresse brusquement.

— Il est presque onze heures! Tu n'as pas oublié, j'espère, que nous déjeunions avec la conservatrice du Bargello aujourd'hui?

Si. J'avais complètement zappé ce rendez-vous, censé me permettre d'obtenir un stage pour le mois de septembre dans le musée. Je ne le lui dis pas, bien sûr.

— Désolé, je suis rentré tard. Il reste du café?

— Maria va t'en préparer. Tu n'es pas à l'hôtel, tu sais, ajoute-t-elle, ouvrant la porte de ma chambre. Ton père et moi comprenons que tu aies besoin de décompresser et de revoir tes amis, mais il est hors de question que tu continues à ce rythme tout l'été.

J'acquiesce avec une moue d'excuse. Maman n'a pas tort, dans le fond. Et je n'ai aucune envie de me disputer avec elle alors qu'un tambour martèle l'arrière de mon crâne. Je file sous la douche. L'eau tiède, le parfum mentholé du savon, allègent la chape de brouillard qui me submerge ; l'arôme corsé de l'arabica l'en chasse définitivement. Reste la migraine ; je la fais passer avec deux comprimés. Un quart d'heure plus tard, je suis prêt.

Ma mère, élégante dans un tailleur-pantalon de lin clair qui met en valeur son bronzage, m'attend dans le petit salon du rez-de-chaussée, une pièce fraîche meublée de fauteuils tendus de velours passé et d'une bibliothèque remplie de vieux livres. Quelques minutes plus tard, nous sommes dans la rue écrasée de soleil et prenons la direction du centre-ville.

Mon téléphone vibre pendant le repas. Est-ce Violetta ? Les souvenirs de la soirée d'hier, son refus, le long message que je lui ai envoyé en rentrant, jaillissent à la surface de ma conscience. Incapable de me concentrer, je réponds maladroitement aux questions, prétexte un besoin naturel pour m'éclipser. Une fois seul, je sors fébrilement mon portable. J'ai bien reçu un SMS, oui. Mais de Gianni. Déçu, je l'ouvre néanmoins.

📱 Dommage que tu sois parti, hier. On a passé
la fin de la soirée avec Violetta.

Mes doigts tremblent malgré moi. Je rédige une réponse
rapide.

📱 Elle était avec Eros ?

📱 Alone ☺

📱 Ah ???

📱 Elle a beaucoup parlé de toi.

Une fine pellicule de sueur recouvre mon front. Je songe
à ce que je lui ai écrit hier. À mes mots cruels. J'aurais dû
réfléchir avant de les lui envoyer.

📱 RDV parents. Je dois y retourner,
mais je t'appelle plus tard. Besoin de te parler.

Je regagne la salle de restaurant, esquive le regard
inquisiteur de ma mère et tente de m'intéresser à la
conversation. Mais les minutes s'allongent. Et quand je
consulte discrètement la pendule ronde accrochée au
mur, j'ai le sentiment que le temps s'est arrêté. À quinze
heures, la corvée se termine et le serveur apporte l'addition. Aimable, la conservatrice du Bargello nous propose

la visite des archives du musée. Ma mère est enthousiaste. Je l'aurais été dans d'autres circonstances. Là, je n'ai qu'une envie : m'en aller. Je n'ai pas le choix, cependant, et les suis dans le vieux palais.

Malgré ma mauvaise humeur, je me laisse charmer, comme chaque fois, par les voûtes et les fresques de la cour intérieure. Nous descendons un escalier de pierre interdit au public et atteignons les salles où sont entreposées les pièces qui ne sont pas exposées.

Je découvre avec intérêt les félins de bronze sculptés par Giovanni da Bologna, tombe en arrêt devant une céramique de Luca della Robbia représentant une jeune fille : ses cheveux sont longs, ses traits fins et, comme souvent dans les œuvres de cette famille d'artistes, elle est vêtue de bleu cobalt et de vert pâle.

Elle me rappelle Violetta.

Je demeure un moment en arrêt devant la céramique, puis rejoins maman et la conservatrice près d'une madone de Botticelli en restauration.

Enfin, nous prenons congé. Heureuse de voir que je me suis finalement intéressé à la conversation et à la visite, ma mère n'émet aucune objection lorsque je lui annonce que je vais retrouver des amis, peut-être au ciné.

Dès que je suis seul, je me perche sur une table haute, à l'extérieur d'un glacier, commande un ristretto et envoie un texto à Gianni.

📱 J'ai peur d'avoir merdé hier…

Il me répond au moment où le garçon pose sur le plateau de métal mon café et l'addition.

📱 Tu veux passer ?

Une demi-heure plus tard, je suis au pied de son immeuble. Gianni habite – loin de ses parents – un F2 via de' Macci, un coin populaire et vivant proche du marché Sant'Ambrogio. Je compose le code, pousse le portail et pénètre dans une cour intérieure voûtée. Je grimpe un escalier étroit jusqu'au cinquième et dernier étage, frappe.

De l'intérieur me parviennent des notes métalliques et répétitives.

Ébouriffé, pieds nus, Gianni m'ouvre en caleçon et tee-shirt jaune fluo. Sur tout autre que lui, cela serait ridicule, mais il porte cette teinte avec une telle décontraction qu'elle paraît naturelle. Presque comme si elle faisait partie de lui.

L'intérieur de la pièce à vivre, ouverte sur des toits de tuiles rose et rouge brique, est encombré de livres, de magazines, de vêtements éparpillés sur le plancher. La musique, mélange insolite de fusion, de métal et de quelque chose d'indéfinissable, semblable au son d'un disque rayé, est trop forte pour moi. Je fronce les sourcils.

— C'est du Zu, explique Gianni. C'est sympa pour bosser.

J'arque un sourcil, constate avec étonnement que sa table de travail, près de la fenêtre, est encombrée de croquis.

Il repousse quelques pulls, dégage de la place sur sa banquette et son pouf, sort une bouteille d'eau pétillante et du jus d'orange du réfrigérateur, change le CD. Des rythmes jazzy, orientaux, la voix chaude et grave d'Ibrahim Maalouf, s'élèvent.

— Alors, c'est quoi le problème ? me demande-t-il, piochant dans les croquants aux amandes que j'ai achetés en route.

Je nous sers un verre, soudain gêné. Gianni est mon meilleur ami, c'est vrai, mais je ne me suis jamais retrouvé dans cette situation. Devoir lui avouer... quoi ? Un chagrin d'amour ? Une maladresse ? D'habitude, c'est lui qui se confie à moi, me raconte ses conquêtes, ses peines, ses peurs. Pas le contraire.

— Ça se passe bien, entre Paolo et toi ? dis-je, incapable d'aborder le sujet qui m'a mené ici.

— Il est un peu trop sentimental à mon goût, répond Gianni en haussant les épaules, mais je l'aime bien. Il est très enthousiaste, très militant. Vegan, pas de fourrure, ce genre de trucs.

— C'est plutôt sain, non ?

— La preuve, sourit-il, tapotant le pack de jus de fruits.

Je reconnais le label vert et bleu de l'agriculture biologique. Si Gianni le dilettante, Gianni l'insouciant, se met à accepter les conseils de Paolo, c'est qu'il est plus attaché à lui qu'il ne le prétend.

— Bon, reprend-il, plongeant ses yeux dans les miens. Tu voulais me parler...

À quoi bon tergiverser ? Je me racle la gorge et me lance. Je lui parle de ma nuit chez Violetta, de l'attente vaine de son message, de ma jalousie, de la soirée d'hier, de Sandra avec qui je suis allé sur la piste juste parce qu'elles se détestent. De ce qui s'est passé ensuite.

— C'est pour ça que je suis parti, conclus-je. L'idée de la voir dans les bras de ce type...

— Eros ? s'exclame Gianni. C'est de l'histoire ancienne, enfin ! Cela fait longtemps qu'ils ne sont plus ensemble, mais ils sont restés très proches.

— Proches...

— Ils couchent peut-être de temps en temps, rien de bien grave.

— Alors, pourquoi elle m'a jeté ?

— Violetta ne t'a pas *jeté*. Elle a juste refusé de danser. Ça ne t'est pas venu à l'esprit qu'elle ne connaissait pas le tango ? Armando, soupire-t-il, Violetta n'a pas grandi dans le même milieu que nous. Les rallyes, les danses de salon, ce n'est pas son truc.

Moi qui croyais qu'elle voulait me rappeler le pacte, me faire payer mon insistance... Et je me suis précipité à la maison pour lui envoyer toutes ces horreurs, la traiter de lâche et de menteuse. Quel crétin ! Un crétin égoïste, incapable de voir plus loin que le bout de son nez. Et Violetta qui a passé sa soirée à parler de moi...

— Elle a dit quoi, sur moi ?

— Qu'elle te trouvait complètement craquant, qu'elle avait l'impression que tu venais d'une autre planète, ce genre de trucs. À mon avis, ajoute-t-il, elle est un peu amoureuse…

Je me cache la tête entre les mains. Elles sont glacées. J'ai l'impression que tout mon sang s'est retiré de mon visage, que mon cœur a cessé de battre.

— Gianni, dis-je dans un murmure rauque, tremblant. Hier, je lui ai écrit une lettre. Une lettre horrible et… Je me demande comment je vais recoller les morceaux.

Mon ami termine sa boisson d'un trait, se lève pour préparer du café. Me dévisage, appuyé sur le comptoir de sa cuisine américaine, sourcils froncés.

— Il vaudrait mieux que tu abandonnes, dit-il enfin.

— Pourquoi ?

Mon timbre est aigu, soudain. Déplaisant.

— Parce que je ne la sens pas, votre histoire, déclare-t-il, versant l'eau bouillante dans la cafetière. Parce que vous allez vous faire du mal.

Les effluves doux et chauds du moka envahissent la pièce.

— Mais elle tient à moi, c'est *toi* qui l'as laissé entendre…

— Je ne connais pas très bien Violetta, tu sais. Je la voyais plus souvent quand elle travaillait au haras dell'Arno Nero et aujourd'hui, c'est surtout une copine de soirée. Je pense que cette fille est beaucoup plus vulnérable qu'elle ne le paraît. Ce que je veux dire, explique-t-il en enfonçant lentement le piston dans le récipient de verre, c'est que son mode de vie est un bouclier contre le monde et contre la maladie. Si tu le lui enlèves…

— Jamais je ne lui ferai du mal, Gianni !

— Et si tes parents font pression pour que tu la quittes, comme avec Gemma ?

— J'ai grandi. Je ne suis plus l'ado timoré qui se faisait écraser par son père, tu sais.

Gianni pose deux tasses fumantes devant nous. Me contemple longuement, plus sérieux que je ne l'ai jamais vu.

— Je l'espère, dit-il enfin. Je l'espère sincèrement. Pour vous deux.

Chapitre neuf

Violetta,

Je me suis comporté comme le dernier des imbéciles. Je pourrais invoquer l'alcool, la fatigue, mais la vérité est que j'étais jaloux, vexé, et que j'ai voulu te faire mal. Je le regrette. Je ne sais si tu voudras me donner une autre chance, mais si c'est le cas je te promets de tout faire pour que tu oublies cette horrible lettre.

Je tiens à toi.

Vraiment.

Armando

Je relis une dernière fois le message qui accompagne mon cadeau – un flacon de parfum aux essences naturelles, le même que j'ai vu chez elle – puis le glisse dans le colis.

Celui-ci sera livré lundi au haras Brandini.

D'ici là, je vais tenter de me montrer patient, d'être le fils parfait et bien élevé auquel mes parents sont habitués. Pas de sorties. Pas de boîtes de nuit. Pas de Gianni.

Samedi : promenade en famille dans les collines de Chianti. Le propriétaire du domaine est un ami de mon père. Son épouse, qui vient d'ouvrir un gîte, nous fait visiter ce coin paradisiaque, entre cours d'eau, vignes et pré ombragé où se reposent trois chevaux bais.

Dimanche : je sèche la messe et je tourne en rond dans ma chambre. Je trie mes affaires. Je trouve des photos de classe, une lettre pleine de cœurs et la photo de ma première petite amie, un agenda datant de la même période, une balle de golf, de vieux bulletins, des bottes d'équitation trop petites.

Violetta.

Le sujet que j'essayais d'esquiver surgit soudain devant moi. Où a lieu le concours auquel elle doit assister ? Fait-elle finalement partie des cavaliers en compétition ? Me pardonnera-t-elle ? M'a-t-elle pardonné ? Ai-je bien fait de lui envoyer ce cadeau ? Et si Gianni avait raison ? Si notre histoire était vouée aux malentendus et aux cœurs brisés ?

Ses avertissements tournent en boucle dans mon esprit : *son mode de vie est un bouclier... Si tu le lui enlèves...* Je comprends le sous-entendu. Il m'effraie, parce que je ne sais pas si je serai à la hauteur, si je pourrai faire rempart entre le monde, la maladie et elle. Je pense à cette lettre, à mes mots faciles, méchants. Je me dis que j'ai plutôt mal commencé.

Je m'endors, me réveille en sursaut, secoué par une scène de cauchemar.

Violetta est en danger, je tente de l'atteindre mais une foule nous sépare. Elle chante, inconsciente de ma présence, de la mort qui rôde. Soudain, son pendentif écarlate se met à ruisseler de sang. Elle bascule en arrière, et je ne peux la retenir.

Je regarde mon réveil : 8 h 15.

Beaucoup trop tôt pour un mois de juillet.

Le colis a-t-il été livré ? Je me lève, allume mon ordinateur. L'ange de Fra Angelico me paraît bien terne ce matin. Je consulte ma messagerie. Ma commande a été expédiée. Violetta la recevra dans la journée. Je descends à la cuisine, me prépare rapidement un café. J'entame une ciambella, l'abandonne après deux bouchées. J'ai le ventre si noué que je suis incapable de manger. Et si elle s'en moquait ? Et si je l'avais tellement blessée qu'elle ne veuille plus jamais me voir ? Cette pensée me fait si mal que j'en ai la nausée. Je remonte dans ma chambre, me connecte à Facebook. J'ai une demande d'amitié – Sandra. Je vais sur la page de Violetta. Rien depuis jeudi. Je clique sur celle du haras Brandini. Trois nouvelles vidéos tournées pendant le concours du week-end, des messages de félicitations. Apparemment, les deux couples en lice sont arrivés premier et quatrième. Violetta ne faisait pas partie des cavaliers.

Je coupe Internet, consulte mes fichiers. J'ai une dizaine d'ouvrages d'histoire de l'art à lire d'ici la rentrée et deux manuels de droit. J'imprime mes listes, me lave, enfile un jean et un tee-shirt, ma veste de toile bleue, fourre dans mon sac à dos un grand bloc-notes, mon lecteur MP3 et des stylos. À la bibliothèque, au moins, je serai obligé de me concentrer.

∾ℐℒ∾

Quand je m'extirpe de mes lectures, mon ventre crie famine et l'après-midi est déjà avancé. Je ramasse mes notes et rapporte mes livres à l'accueil. Quelques minutes plus tard, je m'installe à la terrasse d'un salon de thé, commande un café, un gâteau aux amandes et un jus d'orange pressé. Autour de moi, des touristes venus de tous les horizons. Un couple de Français a conquis le chat de la maison. À l'opposé, trois étudiantes américaines s'amusent à comparer leurs photos.

Sur la table, mon téléphone vibre. J'ai un message.

Un message de Violetta.

Bouche sèche, papillons dans l'estomac. Je l'ouvre.

📱 Merci pour ton cadeau. Il faut qu'on se parle

Je réponds, fébrile.

📱 Quand tu veux.

📱 Tu passes me chercher ce soir au haras ?

📱 OK.

📱 ^^

J'ai l'impression de renaître.

La fin de l'après-midi s'écoule comme dans un rêve. Je rentre à la maison pour prendre une douche et me changer. J'enfile un pantalon en lin, une chemise à col Mao. Les retire. Trop habillé. J'essaie plusieurs tenues, me décide finalement pour le clone du jean que j'ai porté toute la journée et un tee-shirt moulant. Je saisis ma veste, me ravise au dernier moment, la remplace par un pull marin et le noue autour de mon cou.

— Tu sors ? interroge ma mère qui vient à peine de rentrer, me voyant dévaler l'escalier.

— Oui. J'ai rendez-vous avec des amis...

— Ton père va être furieux. Je te l'ai déjà dit, Armando : tu n'es pas à l'hôtel, ici.

— Désolé, dis-je, déposant un baiser sur sa joue. Mais tu sais, j'ai travaillé toute la journée à la bibliothèque, j'ai besoin de souffler.

Elle hausse les épaules, résignée à subir, seule, la mauvaise humeur du Commandeur. Je passe le seuil de la maison, j'enfourche mon scooter et prends la direction du haras.

ıllı

Quand je m'engage dans l'allée, escorté par les deux chiens venus m'accueillir au portail, le soleil déclinant baigne de cuivre les arbres et les façades de pierre. Violetta travaille Titania dans l'une des petites carrières. Toutes deux sont concentrées à l'extrême sur des transitions et des changements d'allure : passage du pas au trot, du trot au pas ; allongement du pas, arrêt, départ au trot. La jument est en place. Encolure arrondie, elle mâchonne son mors, attentive aux indications de sa cavalière. J'observe la fin de la reprise, fasciné par la légèreté et l'harmonie du couple. Ça m'ennuie de le reconnaître, mais Livio a raison : elles vont très bien ensemble. Enfin, Violetta laisse la belle alezane se détendre, rênes longues, et la ramène au centre de la piste avant de sauter à terre. Je m'approche de la barrière, me passe une main dans les cheveux, intimidé.

M'apercevant, elle se raidit imperceptiblement, puis me rejoint en tenant sa monture.

— Salut, lance-t-elle d'un ton mal assuré.

Nous nous dévisageons un instant en silence, puis elle s'appuie contre l'encolure de Titania. Dans son regard, je lis un trouble qui me bouleverse.

— Je... j'en ai encore pour un moment aux écuries. Si tu veux, tu peux m'attendre chez moi...

Je hoche la tête, incapable de répondre, me dirige vers son studio. Les chiens m'accompagnent en jappant jusqu'au seuil puis retournent auprès d'elle, ventre à terre.

L'intérieur de la pièce principale est frais, éclairé par les rayons du couchant. Je demeure immobile, partagé entre la gêne et l'envie de fouiller, d'en apprendre plus sur elle. Finalement, je me sers un verre d'eau et passe une nouvelle fois en revue sa bibliothèque. Je découvre une étagère que je n'avais pas remarquée. Elle contient une dizaine de mangas, deux romans graphiques de Leila Marzocchi, trois tomes de *Belladone*, une série d'Ange, et quelques *Hellboy*.

Je viens d'une famille où la bande dessinée est consi-
dérée comme un genre facile et pauvre qui détourne les
lecteurs du droit chemin. À la maison, je n'en possède
aucune et n'en ai jamais acheté. Question de conditionne-
ment, je suppose.

Violetta rentre, me trouve plongé dans les premières
aventures d'*Hellboy*. Je sursaute, repose précipitamment
le *comic*.

— Je vais me laver, d'accord ? dit-elle sans remarquer
ma confusion. Après...

Laissant sa phrase en suspens, elle disparaît dans la
salle de bains. Elle en sort un quart d'heure plus tard, lumineuse, vêtue d'une minirobe rose vif et de sandales dorées.
Étourdi par sa présence, son parfum, j'en oublie presque
de respirer. Je me lève maladroitement.

— Je... Tu... tu es magnifique.

— Merci, sourit-elle, triturant la fleur ambrée qui
repose sur sa poitrine.

Elle attrape une bouteille de San Pellegrino, remplit
deux verres. Ses mains tremblent légèrement lorsqu'elle
les pose sur le comptoir. La voir ainsi vulnérable m'insuffle
le courage qui me manquait.

— Violetta, j'ai été minable, la semaine dernière, dis-je
sans oser la regarder. Minable et méchant.

— C'est vrai.

Je pique du nez dans mon eau pétillante, déglutis.

— Je suis désolé. J'aurais dû respecter le pacte. Au lieu
de ça, je suis allé au *Babylon* et...

— On s'en fout, du pacte.

Je relève la tête, croise ses prunelles bleu-violet, brillantes de larmes. Elle détourne aussitôt la tête. Ses mèches brunes me dissimulent une partie de son profil à présent.

— On s'en fout du pacte, répète-t-elle d'un ton rauque. C'était une idée débile de toute façon. Ça te rend malheureux et moi… moi, ça ne m'empêche pas de penser à toi toute la journée. C'est vrai que tu as été nul avec moi, Armando. D'abord, tu te pavanes avec Sandra, ensuite, tu m'envoies ce message…

— Violetta, je…

— Laisse-moi finir, tu veux ? Tu ne sais pas à quel point ça m'a fait mal de recevoir ça. Mais j'ai pu réfléchir, me rendre compte que tu avais raison.

Elle s'interrompt, le temps d'une inspiration. Quand elle reprend la parole, sa voix est calme, presque lointaine.

— Je crois que je suis amoureuse de toi, Armando. Et ça me fout la trouille.

Chapitre dix

Je crois que je suis amoureuse de toi.

La phrase tinte dans mon esprit, résonne dans mon cœur et mon corps. Sensation de vertige, envie de crier, de rire, de pleurer, de la serrer contre moi, de l'embrasser, de la caresser, de m'enivrer de son parfum, de sa présence. Je devine que ce n'est pas le bon moment. Les doigts crispés autour de son verre, Violetta fixe son contenu comme si sa vie en dépendait.

J'attends qu'elle rassemble ses pensées. Puise en elle-même la force de poursuivre.

— Tu dis que je suis incapable d'ôter l'armure qui me protège du monde, murmure-t-elle. C'est vrai. Mais sans ma carapace, je n'aurais pas tenu le coup. Et je te parle pas de mon myocarde, là. Je te parle du reste. Des trucs que tu te prends en pleine figure...

Violetta s'interrompt. J'hésite un moment, pose ma main sur son avant-bras. Elle sursaute, croise mon regard.

— Qu'est-ce qui t'est arrivé, Violetta ? Dis-moi.

Elle détourne le visage, se perd de nouveau dans la nasse de ses souvenirs, s'empare d'un sachet de gianduiotti, en mange un premier, un deuxième, avale une gorgée d'eau pétillante avant de se lancer

Elle me raconte d'une voix égale l'annonce de sa maladie, les parents qui se déchirent par sa faute, la naissance du petit frère, tentative désespérée pour recoller les morceaux, puis le chômage, le divorce, son père qui se volatilise sans un adieu.

Elle me raconte sa dérive, sa première fugue, la seconde qui a failli mal tourner : douze ans, vol à l'étalage, sale rencontre, le réveil à l'hôpital, avec des bleus partout et sa mère, les yeux cernés, les lèvres réduites à un trait mince, rouge sang, sifflant : « Tu comptes me gâcher l'existence encore longtemps, avec tes conneries ? » Il n'en fallait pas plus pour envenimer leurs relations déjà conflictuelles et la pousser au pire. Délinquance minable, mauvaises fréquentations, mélanges alcool-n'importe quoi pour arrêter de souffrir.

Et puis l'éloignement. La famille d'accueil dans la banlieue de Rome, les chevaux du centre équestre voisin, le retour impromptu de son père, décidé à rattraper le temps perdu. Jusqu'à ce qu'il s'aperçoive que sa fille a changé, qu'il n'est décidément pas fait pour avoir des enfants.

— Avant je me serais effondrée, comme la première fois qu'il m'a abandonnée, explique Violetta. Sauf que j'avais grandi. Je ne dis pas que je l'ai bien vécu, mais j'ai réussi à encaisser. Après, à force de me battre, à force d'obstination et de faux certificats... Ce n'est pas compliqué à obtenir : il suffit d'une copine sympa qui fait diversion lors de la visite médicale pendant que tu piques papiers et tampons. Il y a aussi les médicaments qui t'aident à gérer ton cœur qui s'emballe, ce genre de choses. Bref, je me suis retrouvée dans un club du Piémont. Je n'étais pas super bien, là-bas. Tu sais, c'est le style d'endroit où le mot « apprentie » est synonyme de « pauvre fille ». Heureusement, il y avait les chevaux et une monitrice qui m'a beaucoup appris. Quand le boss et sa femme se sont aperçus que je n'étais pas si nulle, ils ont commencé à me donner plus de responsabilités et à me demander de sortir en concours. En quelques mois, je suis passée de rebut à mascotte. Mais ça ne s'est pas très bien terminé. Le patron me faisait des avances. Sa femme était jalouse... Un jour, j'ai fait un malaise au début d'un cross. Pour éviter qu'on découvre la vérité, j'ai dit que j'avais trop fait la fête. Elle m'a virée. C'est comme ça que j'ai atterri en Toscane. Un peu cabossée, mais en vie.

Je digère ce que Violetta vient de me confier. Je lis entre les lignes. Je comble les vides. Je devine des blessures profondes, des jalousies, des rancœurs.

— Je ne te laisserai pas tomber, Violetta. Je te le promets.

— Si tu le dis... De toute façon, c'est un peu tard pour reculer, non ?

En silence, je presse ses doigts entre les miens. Ils sont glacés. Pour les réchauffer, je les enveloppe entre mes paumes, les embrasse doucement. Mes yeux s'attardent sur son profil, sa bouche pleine et son cou, se figent devant la fleur d'ambre qui repose sur sa poitrine.

— Et tes pendentifs ? Celui-ci et... l'autre ? D'où viennent-ils ?

Violetta secoue la tête. Une douleur fugitive voile ses traits.

— Je n'ai pas envie d'en parler. On y va ? ajoute-t-elle avec un sourire.

— Où ça ?

— Au bout du monde !

ill

Le temps du voyage, je me laisse emporter par ses bras passés autour de ma taille et son corps tiède pressé contre mon dos. Grisé par sa présence, ses aveux, je file sur la route tortueuse et boisée qui mène à la basilique. Je ne la conduis pas au bout du monde, mais sur la colline de San Miniato. J'ignore pourquoi j'ai choisi cet endroit. Pas de raison précise, je crois. Une inspiration.

Je zigzague entre les touristes qui descendent à pied vers l'Arno et flânent au milieu de la voie, coupe le moteur devant la grille fermant le bâtiment et le cimetière attenant. Éclairée par des lumières bleues et jaunes, l'église brille dans le crépuscule d'un éclat d'opale. Violetta se détache de moi. Je gare le scooter, la rejoins de l'autre côté de la rue.

Enlacés, nous contemplons la ville, en contrebas : le Duomo, blanc et or dans la nuit naissante, les lueurs ambrées sur les toits, les reflets des immeubles bas et des lampadaires sur les eaux luisantes de l'Arno. Je respire le parfum de ses cheveux. Je la vois depuis une semaine seulement, mais j'ai le sentiment de l'avoir toujours connue. Comme si, de toute éternité, nous étions faits l'un pour l'autre et nous étions enfin rejoints.

— Tu crois qu'on peut passer de l'autre côté ? demande-t-elle, levant la tête vers l'immense édifice protégé par un mur de pierre et des grilles.

J'hésite, retenu par mon éducation catholique et la crainte de déclencher une alarme. L'euphorie de l'instant, l'envie de quitter les sentiers de la bienséance, de faire n'importe quoi, juste parce qu'elle est avec moi, pour l'étonner, pour me surprendre moi-même aussi, l'emporte.

Je la prends par la main, l'entraîne le long de l'enceinte, en quête d'une porte dérobée ou de prises pour grimper. Pouffant comme des gamins, nous nous faufilons entre les arbres d'un jardin à l'abandon. Enfin, nous atteignons un angle envahi par les pierres et les branchages, qui offre assez d'aspérités pour nous permettre de monter.

— J'y vais en premier, décide Violetta.

— Tu es sûre ?

— C'est qui la sportive, ici ? me répond-elle, ôtant ses sandales avec un clin d'œil.

Guère rassuré, je la regarde se hisser sur le mur et se percher à son sommet. Je l'imite, bien moins à l'aise. Quand je m'assois à califourchon près d'elle, essoufflé, Violetta effleure mes lèvres des siennes. Bouleversé, je caresse sa joue, saisis son visage et l'embrasse à en perdre la tête. Nous manquons plusieurs fois de tomber, nous nous rattrapons en riant puis, d'un même élan, nous nous laissons glisser de l'autre côté. Nous avançons parmi les tombes, dérangeons un chat qui s'éloigne en fouettant l'air de sa queue. Nous parvenons à la grille qui sépare les sépultures de la basilique. Elle est assez basse pour que nous la franchissions sans difficulté.

Parvenus sur l'esplanade, nous nous arrêtons, impressionnés par la façade de marbre et les ombres du campanile.

— Et maintenant ? demande Violetta.

— Mets-toi là, dis-je en sortant mon portable. Ne bouge pas...

Je prends une, deux, dix photos d'elle, nymphe gracieuse virevoltant devant la majestueuse église. Elle est si belle, sous les étoiles ! Si vivante ! J'ai tellement envie de la toucher, de la goûter que c'en est douloureux. À peine conscient de mes actes, je range mon téléphone, efface en quelques pas la distance qui nous sépare et l'étreins. Elle me rend mon baiser avec fougue, agrippe ma nuque, me pousse vers les ombres de la façade.

Ensemble, nous basculons.

Attablés à la terrasse d'un bar, nous dînons d'un assortiment de crostini et de fromages en dégustant un verre de vin. Violetta a choisi un lambrusco à la robe rouge claire, moi un blanc de Toscane. Nos joues sont brûlantes, nous pouffons chaque fois que nos yeux se croisent.

— Je ne pensais pas faire ça un jour...

— Moi non plus, Armando.

— Dix ans de catéchisme pour en arriver là, dis-je, emprisonnant ses doigts dans les miens.

Son contact est électrique. Je remarque avec délice qu'elle aussi a sursauté. Elle me lance un regard sous ses longs cils noirs, un regard qui me chavire.

— Tu es croyant ? demande-t-elle.

— Mes parents le sont pour moi. Ma mère, surtout. Et toi ?

— Aucune envie de perdre mon temps avec ça. Déjà que je n'en ai plus beaucoup...

Elle hausse les épaules. À cet instant, un courant d'air froid balaie les alentours. Je frissonne. L'ombre de la mort s'est immiscée entre nous. À plusieurs reprises, j'essaie de ranimer la conversation, peine perdue. Mes propos sonnent faux. La magie est rompue. J'aimerais lui dire que je veillerai sur elle, que je me battrai à ses côtés, mais les mots ne passent pas mes lèvres. L'angoisse de la perdre m'a privé de parole.

Après le dîner, je la ramène au haras. Les étoiles, la lune, teintent le trajet de retour d'une nuance presque irréelle. Les minutes s'étirent, bercées par le vrombissement du moteur et les bruits nocturnes.

Conscient de sa présence derrière moi, je pense à ce qui s'est passé ce soir, à l'avenir. Je déroule mes rêves sur l'asphalte. Repoussant au plus profond de mon âme le spectre de la maladie, je nous imagine ensemble pour toujours, la nuit, le jour, enlacés, embrasés...

Enfin nous arrivons au portail. Elle descend. Déchirement. Impression qu'on m'arrache une partie de moi-même. Je ne veux pas la quitter.

Reconnaissant son odeur, les chiens l'accueillent joyeusement.

Elle les flatte de la main, me contemple fixement. Dans ses prunelles violettes, je devine la même faim, la même urgence qu'en moi. Le souffle court, elle se passe la main dans les cheveux, fait un pas dans ma direction.

— Tu peux rester, si tu veux.

Chapitre onze

Violetta travaille presque chaque jour au haras : soins, dressage, préparation aux concours. Je la rejoins au coucher du soleil. Pas tous les soirs, car elle craint les remarques de son employeur. Déjà que son fils prétend qu'elle lui a brisé le cœur... Mon amie tient à sa place et aux chevaux dont elle est responsable. Et puis, elle n'a pas oublié son rêve : convaincre son patron de racheter Falco et le monter en concours.

Parfois, nous sortons ; souvent, nous restons chez elle, lovés l'un contre l'autre, nous embrassant pendant des heures, discutant de tout et de rien, partageant des idées, des confidences et des vœux.

Quand son cœur s'emballe, je reste auprès d'elle et lui lis un passage du *Chevalier inexistant* jusqu'à ce qu'elle s'endorme. C'est devenu un rituel – qu'elle soit malade ou non. À ses côtés, j'ai l'impression d'ouvrir les yeux sur un monde nouveau, riche, inattendu. Mes études de droit et d'histoire de l'art, ma future carrière de commissaire-priseur ne sont plus qu'une voie parmi d'autres, plus personnelles. J'aime les livres, la littérature. Écrire ne m'intéresse pas : ce qui me transporte, c'est plonger dans les univers des autres, les comprendre, les analyser ou simplement m'y évader. J'adorerais enseigner, travailler dans l'édition pour découvrir des textes, pour rencontrer des auteurs capables en un roman de changer l'existence des gens.

Jusqu'à présent, je vivais dans la peur du jugement de mes parents, de mon père surtout, et je n'avais jamais osé dévier du chemin tracé. Grâce à Violetta, je l'envisage comme un possible. Il suffit que je trouve le courage de leur annoncer ma décision. En attendant, je travaille quelques heures par jour à la bibliothèque, afin qu'ils acceptent plus facilement mes absences.

Gianni reconnaît qu'il s'est trompé à notre sujet. Mon meilleur ami me trouve moins coincé depuis qu'on est ensemble. Quant à Violetta, peut-être parce qu'elle semble heureuse, il a l'impression qu'elle est en meilleure forme.

Juillet s'écoule au rythme de nos amours. Je vis dans une bulle féerique et ensoleillée, hors du temps. Même absente, Violetta est dans mon cœur, illumine mes journées. Je la couvre de cadeaux, des petits, des gros, des romantiques, des parfumés, des rigolos, juste pour le plaisir de penser un peu plus à elle, de la voir sourire, rire aux éclats, se jeter à mon cou pour m'embrasser.

Nous nous disputons, bien sûr, mais cela ne se termine jamais mal. Je suis incapable de lui en vouloir, et Violetta n'arrive pas à bouder plus de deux minutes. Je lui reproche son insouciance ; elle, ma lâcheté. J'aimerais qu'elle néglige moins sa santé ; elle voudrait que je me décide à changer d'orientation et à suivre les études que j'ai toujours voulu suivre. Elle a raison, bien sûr. J'attends juste le bon moment pour en parler à mes parents.

~~ⵣⵣⵣ~~

Ce moment vient à l'improviste, finalement.

Ce matin, en rentrant du haras, je croise mon père. Il n'a pas fini son petit-déjeuner, m'invite d'un signe de tête à m'asseoir avec lui et prendre une tasse de café.

Derrière nous, Maria range la vaisselle en s'efforçant d'ignorer la tension.

Le Commandeur aspire une gorgée, repose sa tasse et me dévisage avec sévérité.

— .Tu passes tes journées à la bibliothèque, c'est bien. Ce qui serait mieux, c'est que tu passes tes nuits à la maison. Ta mère et moi sommes extrêmement contrariés par ta désinvolture, Armando.

Il a ce ton doctoral et froid qui me terrifiait quand j'étais petit, et qui maintenant m'exaspère. D'habitude, je baisse la tête en attendant la fin de l'orage. Là, je n'en ai pas envie. Je serre les poings, le regarde droit dans les yeux.

— Et moi, tu sais ce qui me *contrarie* ? C'est d'être critiqué dès que je dévie d'un poil de la voie que vous avez tracée. Je découche ? C'est vrai. Mais j'ai dix-neuf ans et je suis adulte. Désolé, c'est comme ça.

Mon père me jauge en silence, replie calmement sa serviette, se lève et part travailler. Je connais bien ce regard. Je sais ce qu'il signifie. Sauf que j'ai grandi. Cette fois, Agilulfe a décidé de se battre et de prendre corps sous son armure de chevalier inexistant à force d'être bien élevé.

Je passe la journée dehors : impossible de travailler. Je me promène dans les rues de Florence, je renoue avec les rues étroites, les façades décorées de fresques, les palais puis j'entre dans le musée San Marco. Adolescent, je me rendais parfois dans le jardin pour profiter du calme du cloître avec un gros roman. Je le retrouve avec un plaisir teinté de nostalgie. Comme autrefois, je m'assieds à l'ombre des arcades où veillent des saints et des anges aux ailes multicolores. Puis je ferme les yeux…

Les cloches me réveillent en fin d'après-midi. Je m'étire, un peu groggy. En jetant un coup d'œil à mon portable, je découvre un message de Gianni.

📱 On se retrouve dans un bar avant d'aller
au Scarpia ?

J'hésite un instant.

📱 Besoin d'une douche, aucune envie de rentrer
chez moi. Tu m'héberges ?

La réponse est immédiate.

📱 Évidemment ^^

En chemin, je m'achète des sous-vêtements, un tee-shirt moulant d'un violet profond et un nouveau jean, je prends dans une épicerie une bouteille d'eau pétillante et de quoi préparer des en-cas, puis le rejoins dans son appartement. Il n'est pas seul : il y a Paolo, deux autres garçons et Liza, une ancienne camarade de lycée. Je reçois plusieurs appels de mes parents auxquels je ne réponds pas, ainsi qu'un texto de Violetta, m'annonçant qu'elle me rejoindra au *Scarpia*.

La piste de l'ancien palazzo est bondée. Des serpents de fumée s'enroulent autour des danseurs, se parant de rose et de bleu électrique dans la lumière des spots. Notre petit groupe repère un coin libre dans le boudoir. Gianni, Paolo et Liza prennent place sur un vieux canapé. Moi, je choisis un fauteuil de velours râpé, tourné vers la scène. Je guette Violetta. Gianni commande une bouteille de prosecco. Paolo envoie un baiser à l'une de ses amies, une jolie blonde, un peu androgyne, aux bras et aux mains tatoués. J'admire les anges au tracé léger, les roses entrelacées, l'imitation de vitrail sur son épaule.

Les minutes passent. Violetta n'est pas là. Sandra fait son entrée, accompagnée de quelques amis. Je reconnais l'un des acolytes de Livio, heureusement celui-ci ne se trouve pas parmi eux. M'apercevant, elle se dirige vers moi avec un sourire chargé de gloss. Ses lèvres s'attardent plus longtemps que nécessaire sur ma joue. Son parfum agresse mes narines. Instinctivement, je recule.

— Je suis contente de te voir, me dit-elle, posant la main sur mon bras, indifférente à ma réserve. Cela fait longtemps…

— Pas tant que ça, Sandra.

— La dernière fois, nous nous sommes à peine parlé.

Le sous-entendu est limpide : la dernière fois, il y avait Violetta. Où est-elle ? Croyant apercevoir sa silhouette menue, je me détourne, prêt à aller à sa rencontre, mais ce n'est pas elle. Déçu, je prends mon verre, bois une gorgée sans regarder Sandra.

— Tu danses bien, poursuit-elle. Tu sais qu'il y a un bal tango, samedi soir, sur les rives de l'Arno ?

— Non.

— On pourrait peut-être s'y retrouver…

— Je demanderai à Violetta.

À cet instant, un flash nous éblouit. Des lumières douces jouent au-dessus de la scène. Le DJ annonce un premier karaoké. Un jeune homme s'avance, chemise et jean noirs, tee-shirt humide, cheveux blonds plaqués en arrière. Il chante avec une voix rauque *Bad things*, de Jace Everett, générique de la série *True Blood*. S'attire quelques regards admiratifs, des applaudissements. Un autre amateur prend sa place. Je n'écoute pas. Je cherche Violetta des yeux, de plus en plus inquiet.

Enfin, elle est là.

Autour de moi, le monde disparaît. Il n'y a plus qu'elle, gracieuse et sensuelle, sur l'estrade. Elle s'empare du micro, inspire profondément. Sourit.

— Je sais, c'est rare qu'il y ait des dédicaces au *Scarpia*, dit-elle. Ici, c'est plutôt performance, fun et basta...

Quelques rires fusent.

— Alors je ne donnerai pas de nom, poursuit-elle. Mais je dédie *Halo*[1] à celui qui a changé ma vie.

Elle se lance.

J'ai les genoux en coton. « Te rappelles-tu ces murs que j'avais construits ? Ils s'effondrent sans résister, sans un bruit... »

Ces mots parlent d'elle, de nous.

« J'ai un ange, désormais. »

J'écoute, chaviré, cette déclaration d'amour. Me fraie un chemin jusqu'à elle, hypnotisé.

Quand la chanson s'achève, des applaudissements retentissent. Elle salue avec un clin d'œil, m'aperçoit, se glisse dans mes bras. Submergé par un flot d'émotions que je ne peux contrôler, je l'embrasse, longuement, passionnément. Comme si notre vie en dépendait. Comme si ce baiser devait être le dernier et que je disposais de ces seuls instants pour lui exprimer mon amour. Enfin, nos lèvres se séparent. Les yeux dans les yeux, nous reprenons notre souffle, encore étourdis de désir. Enlacés, nous rejoignons le boudoir.

Soudain, elle vacille.

— Violetta ?

Le regard vague, elle enfonce ses ongles dans mon avant-bras, s'affaisse, poupée de chiffon, contre moi.

1. *Halo*, Beyoncé.

Affolé, je la porte jusqu'au canapé. Gianni et Paolo s'écartent, m'aident à l'allonger sur les coussins de brocart. Violetta est livide, sa respiration, saccadée. La rose écarlate qui repose sur sa poitrine ressemble à un cœur arraché. À cet instant, je remarque la longue balafre sur sa peau et l'hématome qui ombre son épaule. Je prends sa main : elle est glacée.

— J'appelle le 118, murmure Gianni.

J'acquiesce, incapable de parler. Mon ami sort son téléphone portable. Pas de réseau. Paolo se rue vers le bar. Au ralenti, je le vois discuter avec Sonia, nous montrer du doigt.

J'ai l'impression que ce n'est pas vraiment moi, que ce n'est pas vraiment elle, ici.

— Armando…

Violetta a repris conscience, tente de se redresser.

— Reste tranquille. Les secours arrivent…

— Pas d'hôpital, souffle-t-elle. Je déteste ça.

Gianni s'accroupit près de nous. Paolo revient, me tend une serviette imbibée d'eau fraîche. J'en tamponne le front de Violetta.

— C'est bon, dit-il. L'ambulance est en route.

— Ça sert à rien, proteste Violetta. J'ai juste besoin de mes chocolats.

Je fouille dans son sac à main, sors un paquet de gianduiotti. Elle en dévore un, deux, puis trois. Après quelques minutes, son souffle est plus régulier, ses joues reprennent un peu de couleur.

— Vous voyez, crâne-t-elle. C'était seulement un peu d'hypoglycémie.

— Et ces marques ?

— Je suis tombée de Titania cet après-midi. Ce n'est pas sa faute. On était sur le parcours de cross, un oiseau s'est envolé sous son nez. Elle a paniqué, s'est cabrée... Rien de grave, ajoute-t-elle avec un sourire las. J'ai connu pire.

Au tremblement de sa voix, je comprends que Violetta a eu bien plus peur qu'elle ne le dit, sait qu'elle aurait pu perdre la vie. Il est peut-être temps, pour elle, de songer à prendre un autre chemin. Mais je me doute qu'elle ne fera rien tant que je ne me déciderai pas à parler à mes parents et affirmer mes choix.

Chapitre douze

L'accident a eu lieu il y a deux semaines. Violetta a passé plusieurs jours sous surveillance médicale. Elle a subi de nombreux examens, un scanner, une IRM. On lui a recommandé le repos total. Je n'ai pu que m'entretenir brièvement avec l'interne chargée de son suivi.

La jeune cardiologue s'est montrée pessimiste. Selon elle, mon amie est de plus en plus fragile. Son malaise est l'une des conséquences de sa maladie, une cardiomyopathie particulièrement pernicieuse. Elle n'a pas voulu m'en dire plus, mais j'ai compris qu'à vivre ainsi, Violetta se consume. Elle m'a demandé si je savais comment joindre ses parents. J'ai hésité, donné son nom de famille, raconté ce que je savais – c'est-à-dire, pas grand-chose.

Livio et son père sont venus lui rendre visite : furieux que Violetta ait dissimulé ses problèmes de santé lors de son embauche, Brandini l'a renvoyée. Son fils a essayé de le raisonner.

Peine perdue. Violetta a dû faire ses bagages et quitter le haras dès qu'elle est sortie – contre l'avis des médecins, évidemment. Je suis à la fois triste et soulagé pour elle. Triste, parce qu'elle a perdu son emploi, parce qu'elle semblait se plaire, là-bas. Heureux, parce qu'elle n'a d'autre choix, pour le moment, que de se reposer... et de rester auprès de moi.

J'ai parlé à mes parents.

Cela n'a pas été facile. Ils m'attendaient dans le salon quand je suis revenu de l'hôpital. À leur attitude, j'ai deviné qu'ils avaient longuement discuté afin de mettre au point cette mise en scène. Rien n'a été dit avant que nous passions à table. Maria avait préparé le repas, mais c'est ma mère qui nous a servis. On ne lave son linge sale qu'en famille, hein ?

Le Commandeur a mangé ses antipasti en silence, l'un de ces silences solennels et lourds de sens qu'il affectionne avant d'asséner sa première sentence. « Ta mère et moi sommes très déçus, Armando. » Il s'est renseigné. Il a appris que je passais mes soirées avec Gianni et ses « amis » – mot prononcé de telle manière qu'il en devient une insulte –, que je fréquente une délinquante. Il envisage de prendre des mesures si je ne change pas rapidement d'attitude.

Je l'ai laissé énumérer les charges qui pesaient contre moi, les menaces également.

Maman a débarrassé les assiettes, apporté les beignets de fleurs de courgettes, les aubergines et les côtelettes.

Je me suis jeté à l'eau. Je leur ai dit que j'arrêtais le droit, que cela ne m'intéressait pas. Je ne leur ai pas laissé le temps de digérer la nouvelle. J'ai continué. Je leur ai expliqué que je m'inscrirai en lettres à la rentrée.

À partir de ce moment, la conversation a dégénéré en caricature de mélodrame : ma mère a pleuré, je me suis énervé, les reproches ont fusé des deux côtés. Finalement, mon père m'a giflé. J'ai rassemblé mes affaires et je suis parti en claquant la porte.

D'abord, j'ai habité deux jours chez Gianni. Le problème, c'est que Paolo était tout le temps là, et que mes parents n'arrêtaient pas d'appeler. Du coup, j'ai déménagé chez lui. Je me suis acheté un nouveau téléphone portable et j'ai laissé la batterie de l'ancien se décharger. Ensuite, je suis allé à la banque. De ma naissance à mes dix-huit ans, mes grands-parents paternels ont donné chaque année une somme sur un compte bloqué. J'y ai eu accès à ma majorité, mais n'y ai jamais touché. En comptant l'argent qu'ils y ont versé pour mon diplôme de fin d'études et les intérêts, je dispose de plus de cent vingt mille euros, auxquels il faut ajouter mes propres économies – à Bologne, j'ai mené une vie monacale – et l'important legs de mon grand-père maternel.

Quand Violetta a quitté l'hôpital, ma décision était prise. J'allais l'emmener à Bologne, m'installer avec elle. Là-bas, je continuerais mes études. Le Commandeur pouvait bien me couper les vivres, je n'aurais aucune peine à subsister sans son soutien. Au pire, je prendrais un petit boulot.

Quant à Violetta, j'étais certain qu'on trouverait une solution qui lui permettrait de continuer à monter sans mettre sa vie en danger.

Il existe des formes de compétition moins éprouvantes et tout aussi techniques que le concours complet : le dressage par exemple.

Il existe également d'autres manières d'envisager l'équitation.

En attendant, nous sommes installés depuis une semaine dans un gîte de la région de Chianti. Pas celui des amis de mes parents, bien sûr, même s'il m'en a donné l'idée. Au programme, promenades main dans la main dans la campagne toscane, dîners romantiques à la lueur des bougies, piscine et soins au centre de massage. Pas de chevaux, mais deux chiens, une dizaine de chats, des chèvres blondes à l'œil malicieux, des lapins, des poules et cinq vaches.

Les propriétaires des lieux, un couple de fermiers âgés d'une cinquantaine d'années, sont ravis d'accueillir deux « jeunes » comme nous. Isotta a adopté Violetta, l'emmène traire les bêtes et lui montre son potager. Marcello, lui, m'a fait visiter les presses d'huile d'olive et ses vignes.

Hors du temps, hors du monde, nous vivons une parenthèse enchantée.

***

— Je veux bien t'accompagner à Bologne, Armando, mais il est hors de question que tu paies tout, déclare brusquement Violetta.

Installés sur la terrasse, un verre de chianti à la main, nous contemplons le coucher du soleil. Pulcinella et Lelio, deux matous noirs et blancs, sont lovés sur ses genoux. Luna, une gracieuse tricolore, ronronne contre moi.

— Je ne vois pas où est le problème. J'ai de l'argent, autant qu'on l'utilise, non ? Et puis je te dois bien ça. Sans toi, dis-je devant son air étonné, je n'aurais jamais osé affronter mes parents. Je serais encore à la bibliothèque en train de plancher sur ces fichus manuels de droit.

— Sans toi, je ne serais plus rien à l'heure qu'il est, rétorque-t-elle avec un sourire. Une fille sous les ponts ou un beau cadavre, au choix.

— Arrête ! Je ne veux pas que tu parles comme ça. Si tu fais attention à toi...

— Je mourrai, de toute façon.

— Non, la recherche progresse, les médecins sauront bientôt comment te soigner.

— Ils savent déjà : bêtabloquants, anticoagulants, défibrillateurs en option. Sans aucune garantie d'efficacité, bien sûr. L'avantage de l'hôpital, poursuit-elle, c'est qu'ils m'ont renouvelé mon ordonnance. Je ne suis plus obligée de jongler avec n'importe quoi.

Je frissonne à la pensée des cocktails improbables qu'elle s'est concoctés, à coup d'Internet et de médicaments de troisième zone, pour tenir.

— Tu trouveras un job, si c'est ce qui te tracasse tant. Mais franchement, ce n'est pas important pour le moment.

Je veux dire, si un jour la situation s'inverse, si je suis au chômage, si je n'ai plus d'argent et que tu gagnes ta vie, ce sera ton tour de m'aider.

Violetta caresse les chats, se mordille pensivement la lèvre inférieure.

— Tu crois que dans les centres équestres de Romagne, on voudra bien de moi ?

Je ne réponds pas. J'aimerais vraiment qu'elle cesse de songer à cela. Peut-être pourrait-elle se contenter pendant quelque temps de monter dans un club, au lieu d'y travailler ? Je m'en veux de raisonner ainsi. Les chevaux, c'est sa vie, ce qui lui a permis de tenir jusqu'ici. Pourtant, je ne peux pas m'en empêcher.

— J'ai réfléchi, poursuit-elle, glissant une olive entre ses lèvres pleines. Tu as raison : je ne suis pas obligée de faire de l'obstacle ou du cross. Je peux me spécialiser en dressage. Je suis douée pour ça… Et puis, je me débrouille bien avec les chevaux difficiles. J'arrive à les apaiser.

Je me souviens de la première fois où je l'ai vue, sur ce hongre ombrageux, puis d'elle et de Titania sur la piste de la carrière, concentrées, en harmonie. Si Livio n'avait pas insisté pour préparer Titania le plus vite possible à la compétition, elle serait devenue une excellente jument d'instruction.

— Tu renoncerais au concours complet ?

— Je crois que j'ai eu vraiment peur, l'autre jour, avec Titania. Je n'ai pas envie de mourir comme ça.

Je prends sa main, embrasse le bout de ses doigts, son avant-bras, puis le creux de son coude. Agacée, Luna saute de mes genoux et s'éloigne, sa queue fouettant l'air. Violetta me lance un regard malicieux sous ses longs cils noirs, un regard qui me fait fondre, me liquéfie, m'irradie.

Submergé par une vague de désir, je l'entraîne dans notre chambre.

JQe

J'ai prolongé notre séjour d'une semaine. Pas envie de retourner à Florence, même si je n'ai pas le choix. J'ai quitté précipitamment la maison, j'y ai laissé mes cours, pas mal de bouquins. Quant à Violetta, je sais qu'elle aura besoin d'un peu de temps pour dire adieu. Je la sens parfois nostalgique, effrayée à l'idée de quitter cette ville, cette vie, et de s'installer à Bologne avec moi. De mon côté, j'ai beau paraître sûr de moi, j'ai peur de ne pas être à la hauteur et l'idée de la perdre me terrifie. Je me rends compte qu'à trop vouloir la protéger, je risque de l'étouffer, mais j'ai du mal à taire mon angoisse. Marcello, notre hôte, à qui je confie mes doutes un après-midi, met sa main sur mon épaule et me regarde avec gentillesse.

— Arrête de te ronger les sangs, mon garçon. Violetta t'adore et ferait n'importe quoi pour toi. Tu devrais le savoir, non ?

— Tu crois ?

— Ça crève les yeux ! Au lieu de te poser sans arrêt des questions et de te triturer le ciboulot, essaie plutôt de la rendre heureuse, de profiter pleinement du temps que vous avez ensemble... Et qui sait ? Peut-être que Lui, là-haut, décidera de vous donner un coup de pouce ?

Cette manie qu'ont les gens de ce pays de se référer en permanence à Dieu et à ses saints m'agace, mais j'ai envie de suivre ses conseils.

Nous sommes jeunes, nous nous aimons : pourquoi gâcher ce que nous avons ? Et s'il suffit qu'elle monte à cheval pour se sentir bien...

— Combien vaut Falco ?

Question abrupte, au petit-déjeuner. Violetta pose son orange pressée et me dévisage, intriguée.

— Maintenant qu'il a pété un câble et que ses propriétaires l'ont castré ? Moins de dix mille euros, je pense. Pourquoi ? Non ! Non, se récrie-t-elle, devinant mon intention. C'est hors de question, Armando.

— Et si c'est un prêt ? dis-je. Si, par exemple, je t'avance cet argent et que tu t'engages à me rembourser ?

Violetta secoue la tête.

— Ça coûte cher, un cheval, explique-t-elle. Il y a la pension, les frais de vétérinaire, la ferrure... Le travail, ne serait-ce qu'en longe, si je ne suis pas là. Et qui voudrait le monter, de toute façon ?

Elle a les yeux brillants, cependant. Brillants de rêve et d'espoir.

— Et si on coupe la poire en deux ? Si j'achète Falco, et que tu t'engages à régler les frais ?

— Si j'arrive à le monter et à le remettre dans le circuit, réfléchit-elle, il peut rapporter de l'argent...

— Seulement du dressage, Violetta. Ni du saut d'obstacles ni du complet.

Elle sourit, s'assied sur mes genoux, pose sa tête dans le creux de mon épaule. Son corps est chaud, le parfum de ses cheveux chatouille mes narines. Je pourrais rester des heures ainsi, à la tenir contre moi, à la serrer dans mes bras.

Elle s'écarte légèrement, embrasse le bout de mon nez.

— Je crois que ce ne serait pas raisonnable, Armando, soupire-t-elle. Mais c'est génial de l'avoir proposé.

Chapitre treize

Cinq jours à Bologne.

Cinq jours loin d'elle.

Une éternité.

Impossible de faire autrement, cependant. Il fallait que je règle les détails de la location de mon appartement, puisque mon père a cessé de verser le loyer. Il fallait aussi que je fasse le tri afin de laisser à Violetta de la place pour installer ses affaires. Ce n'est pas grand, pas très décoré, mais il y a une belle salle de bains et un balcon.

J'espère qu'elle aimera.

Le train entre en gare de Florence. Plusieurs minutes, déjà, que je suis sur la plate-forme, près de la porte. Mon cœur s'embrase. Je sais qu'elle m'attend à l'extrémité de la voie. Une voix synthétique annonce notre arrivée. Les portières s'ouvrent. J'aide une vieille dame à descendre sa valise, je me précipite vers le bout du quai.

Elle est là.

Tee-shirt bleu cobalt ouvert sur une chemise en coton, jean troué, baskets. Tenue simple, négligée presque et pourtant terriblement sensuelle.

— Violetta...

Je la serre dans mes bras, l'embrasse longuement. Elle me rend mon baiser avec une intensité qui me bouleverse. Je m'éloigne d'elle, la regarde, remarque la rose écarlate qui repose sur sa poitrine. Je ne le lui ai jamais avoué, je n'aime pas ce pendentif. Peut-être parce que je ne connais ni son origine ni son histoire, il me met mal à l'aise. Comme s'il était maléfique, porteur de malheur. Je lui en ai offert d'autres, pourtant et, pendant que nous étions en Chianti, elle ne portait ni celui-ci ni son jumeau ambré. J'ignore pourquoi, mais j'ai un mauvais pressentiment. J'essaie de le chasser de mon esprit, n'y parviens pas tout à fait. Cette fleur sanglante m'en empêche.

— C'était bien, Bologne ? me demande-t-elle lorsque nous quittons le hall encombré.

— Sans toi, c'était long.

Elle ne répond pas, m'entraîne vers le C2, l'un des bus électriques qui conduisent vers le centre-ville. Nous trouvons une place au fond du véhicule. Je passe le bras autour de son cou ; elle se raidit, puis se laisse aller contre moi. Cette brusque réserve m'inquiète. Je devrais lui en parler, n'ose pas. Alors je me tais, je regarde les vieux palais, les églises, les rues bondées de touristes.

Quand nous passons à proximité du Ponte Vecchio, je me rappelle soudain la tradition des amoureux. Jamais nous n'avons pris le temps d'y obéir.

Je me lève.

— Viens, on descend.

— Pourquoi?

— Tu verras!

Une minute plus tard, nous sommes dehors, sous les doux rayons du soleil matinal, et marchons vers le pont. Ici, je ne trouverai que des joailleries et des échoppes de souvenirs, mais il y a, sur l'autre rive, quelques quincailleries. J'en aperçois une, située à côté d'un café. J'installe Violetta à la terrasse, étouffant ses questions d'un baiser.

— Commande ce que tu veux, moi je veux bien un cappuccino et une ciambella, je n'ai pas vraiment déjeuné ce matin.

Je m'engouffre dans la boutique. L'homme qui me reçoit derrière son comptoir, cheveux blancs, moustaches hirsutes et tablier de cuir, ressemble comme deux gouttes d'eau à Geppetto, le « père » de Pinocchio. Son regard brun s'éclaire quand je lui explique ce que je veux. Il me propose aussitôt une douzaine de cadenas; tailles et couleurs différentes, certains en métal, d'autres rouges, orange, verts, jaunes, bleus ou roses. J'hésite, j'en choisis finalement un cuivré. Il me paraît plus solide, plus authentique que les autres.

— Revenez dans un quart d'heure, me suggère-t-il. Ce sera fait.

Je rejoins Violetta. Un paquet de gianduiotti ouvert sur la table, elle pianote un message sur son téléphone portable, sourcils froncés. Sursaute, comme prise en faute, lorsque je m'assois en face d'elle.

— C'était qui ?

— Personne d'important.

Elle me sourit, mais je lis une étrange tristesse dans son regard. J'ai le sentiment qu'elle me dissimule quelque chose. Peut-être parce que j'ai trop peur de sa réponse, le courage me manque une fois encore pour l'interroger. Alors je fais semblant de la croire et je trempe mes lèvres dans la mousse de lait. Nous mangeons en silence, perdus dans nos pensées. J'ai un goût amer dans la bouche : comme si la magie qui nous protégeait, nous renforçait avait disparu, effacée par ces quelques jours de séparation. Elle m'aime toujours, cependant ; j'en suis certain. M'aurait-elle accueilli de cette façon, sans cela ? Quant à moi, je l'adore. Il y a une autre hypothèse. Des résultats d'examens qu'on lui aurait communiqués, une aggravation de sa maladie. Cela, je refuse de l'envisager.

Au bout d'un moment, le silence m'étouffe. Je me mets à parler, parler sans réfléchir. Je lui raconte Bologne, notre appartement, les boutiques, mon dossier universitaire, les librairies, la musique sous les arcades, même par temps de pluie. Enfin, le quart d'heure étant écoulé depuis longtemps, je cours chercher ce que j'ai commandé chez « Geppetto ». En revenant, je pose le sac en papier devant elle.

— C'est quoi ?

— Ouvre !

Violetta le vide sur la table. Le cadenas, gravé de nos deux noms et de la date de notre premier baiser, ce soir-là, à la sortie du *Scarpia*, heurte la table avec un cliquetis. Elle le saisit entre ses doigts, le contemple et fond en larmes, bouleversée. Aussitôt je suis près d'elle, je la serre contre moi.

— Je suis désolé, Violetta. Je ne voulais pas...

— C'est... c'est... Tu es adorable, Armando. C'est juste que je ne m'attendais pas à...

Riant à travers ses pleurs, elle m'embrasse. La frontière invisible qui nous séparait s'effondre. C'est de nouveau elle et moi. L'instant présent. Et peu importe le reste.

Enlacés, nous reprenons le chemin du Ponte Vecchio. Nous choisissons l'emplacement ensemble, sur une chaîne à l'entrée du pont, puis je lui tends la clef. Violetta prend son élan. Le petit objet, brillant dans le soleil, tournoie un instant sur lui-même, puis disparaît, avalé par les eaux gris-vert de l'Arno.

La journée passe comme dans un rêve. Nous déposons mon sac chez Paolo, qui s'est installé pour l'été chez Gianni et nous prête son studio, puis nous nous promenons, main dans la main, dans les rues ensoleillées de Florence. Nous parlons peu, par crainte de briser la bulle fragile qui éclôt de nouveau autour de nous.

Nous marchons jusqu'au Mercato Nuovo. Nous flânons entre les étals de cuirs et de bijoux artisanaux, puis pénétrons dans une vieille église, San Carlo dei Lombardi. Murs blancs, ogives décorées de fresques : l'ensemble est à la fois austère et émouvant. Je jette un coup d'œil à Violetta ; la main pressée autour de son pendentif, elle contemple les peintures, visiblement touchée.

Un homme d'une quarantaine d'années s'avance dans l'allée centrale, effectue une génuflexion et s'agenouille sur l'un des prie-Dieu, au premier rang. Je me demande quel réconfort il vient chercher ici – ou ce qu'il a besoin de se faire pardonner.

— On y va ?

Violetta hoche la tête et passe son bras autour de ma taille.

— Qu'est-ce que tu veux faire ? Tu veux qu'on propose à Gianni et Paolo de boire un verre avec nous ?

— Non, décide-t-elle, fouillant dans son sac pour en extraire un gianduiotto. J'ai envie qu'on soit juste tous les deux.

Juste tous les deux. Mots magiques, qui me donnent envie de l'embrasser, de m'enivrer de son odeur, de sa présence. Mots qui m'effraient, sans que je comprenne pourquoi.

Arrivés au ponte di San Niccolò, nous traversons l'Arno, marchons jusqu'aux kiosques installés le long des berges. Des musiciens jouent quelques airs connus. Nous buvons un verre de vin en grignotant des aperitivi, puis prenons la direction de San Frediano. Cela me gêne un peu d'aller manger si près de la demeure familiale, mais j'adore ce quartier. Je ne vais pas m'interdire d'y emmener celle que j'aime sous prétexte que je risque d'y croiser mes parents!

Pendant le dîner, Violetta boit trop. Elle s'était calmée, lorsque nous étions en Chianti. Ces jours de séparation ont apparemment suffi à lui rendre ses mauvaises habitudes. À moins qu'il ne s'agisse de ce que je redoute depuis que j'ai surpris l'expression de son regard, ce matin? Cela m'inquiète. Cependant, ce n'est pas à moi de lui en parler. Elle se confiera le moment venu.

Nous regagnons, lentement, le studio de Paolo. À plusieurs reprises, j'ai l'impression qu'elle vacille, mais quand je lui demande si elle préfère que nous fassions une pause, elle me répond que tout va bien.

Enfin, nous arrivons. Elle avale des médicaments avec un grand verre d'eau puis se tourne vers moi, un sourire mutin aux lèvres.

— Ça te dirait qu'on prenne une douche ensemble?

⁓ɔℓℓ⁓

Son souffle mêlé au mien. Sa peau contre ma peau. Nos baisers, nos caresses, nos étreintes, m'ont chaviré, emporté, submergé, au point que je ne savais plus où commençait son corps, où finissait le mien. Nous nous sommes aimés avec un tel abandon que plusieurs fois, j'ai cru que j'allais pleurer. Je me suis endormi, finalement, le nez dans ses cheveux.

Je rêve d'elle, de moi. Des instantanés, des photos prises sur le vif, des moments de bonheur volés. Soudain, le temps du songe s'étire, s'allonge. Nous dansons sur les rives de l'Arno. Tourbillons, valses, puis elle s'échappe en riant. Je me lance à sa poursuite, la rejoins sur le Ponte Vecchio. Perchée sur la rambarde, elle écarte les bras. Paralysé par une force qui me dépasse, je crie pour la retenir. Elle tourne la tête vers moi, me sourit, bascule.

Je me réveille en sursaut. Cherche sa présence à tâtons. Mais la place à côté de moi est froide, vide depuis longtemps.

Ce feu qui me consume

Chapitre quatorze

Violetta s'est enfuie pendant mon sommeil.

Je ne l'ai pas réalisé tout de suite. J'ai attendu qu'elle revienne avec du pain chaud, des ciambelle, des fruits pour le petit-déjeuner.

Je me suis rendormi, réveillé vers midi. Elle n'était toujours pas là.

Inquiet, je me suis levé, j'ai ouvert les volets. Un flot de lumière s'est engouffré dans le studio, éclairant le désordre – celui de Paolo, le mien.

Pas le sien.

Je me suis frotté les yeux, j'ai cherché ce qui clochait, la raison de ce vide bizarre dans la pièce. Soudain, j'ai compris qu'elle était partie.

J'ai cherché une lettre d'explication. Elle était là, posée près de la cafetière, écrite à la hâte sur une feuille de papier pliée en deux.

Armando,

Tu avais raison, je ne suis pas Bradamante et ne le serai jamais. Alors je préfère arrêter les frais. Faire semblant, ce n'est pas mon truc finalement et ça ne mène à rien.

Désolée de te le dire comme ça, mais tu ne m'as pas laissé le choix.

Violetta

Je relis ces mots, ces mots durs, blessants, irréels. Je n'arrive pas à en saisir le sens. C'est un cauchemar. Hier, nous étions ensemble, amoureux. Et ce matin...

Faire semblant, ce n'est pas mon truc finalement.

Ça signifie qu'elle a menti tout ce temps? Impossible. Pas Violetta. Et puis, comme l'a affirmé Marcello, notre hôte en Chianti, elle ferait n'importe quoi pour moi. Marcello n'est pas du genre à se tromper sur les gens. Et pourtant...

Je me remémore son attitude, hier. La façon dont elle m'a embrassé, ses regards tristes, ses absences. Cela semble logique, à présent. Cette journée était la dernière, elle n'a su comment me le dire. Mais pourquoi me quitter? Pourquoi ce message affreux? La maladie. C'est ça! Elle a appris que son état s'était aggravé, a préféré mettre un terme à notre histoire avant que la mort s'en charge. Je me précipite sur mon portable. Au bout de trois sonneries, la boîte vocale se déclenche.

« Salut, c'est Violetta. Parlez, je vous rappellerai! »

Même enregistrée, sa voix me fait frissonner.

— C'est moi. J'ai lu ta lettre et...

Ma voix s'étrangle, je me force à continuer.

— ... Je ne sais pas quelles nouvelles tu as apprises, mais tu sais, quoi qu'il arrive je suis là, Violetta. Je... je ne veux pas que ta maladie nous sépare, elle n'en vaut pas la peine. Je t'aime, Violetta.

Je préfère raccrocher avant de m'effondrer.

Un garçon, ça ne pleure pas. Un garçon, c'est fort, c'est capable de maîtriser ses émotions. Ça n'étale pas ses joies, ses peines au grand jour. Ça sait rester digne, un garçon. Droit comme un « i », le menton fier, le regard lointain. Quelles conneries! J'ai envie de pleurer, de hurler, et alors? Alors, j'en suis incapable. Et la douleur enfle, m'oppresse, m'écrase, mais je n'arrive pas à l'expulser.

À l'extérieur, les cloches sonnent deux heures.

Nouvelle tentative, nouveau message.

— S'il te plaît Violetta, parle-moi, ça ne peut pas se terminer comme ça.

À l'hôpital, ils n'ont reçu aucune patiente du nom de Violetta Valeri. Cela me rassure un peu. Où est-elle? Elle a emporté ses affaires, mais n'a nul endroit où dormir! Une amie, peut-être? Eros? Une bouffée de colère m'envahit à l'idée qu'elle ait déménagé chez lui. Que croit-elle? Qu'il saura mieux la soutenir que moi?

Tu avais raison, je ne suis pas Bradamante et ne le serai jamais.

Je ne te demandais pas d'être Bradamante, Violetta.

Alors je préfère arrêter les frais. Faire semblant, ce n'est pas mon truc finalement et ça ne mène à rien.

Je ne comprends pas tes mots, je ne comprends pas ta cruauté. Tout ce que tu m'as confié, tes baisers, les moments passés ensemble, n'étaient donc rien pour toi ? Et cette chanson, au *Scarpia*, que tu as chantée pour moi... Je refuse de croire que tu n'aies pas été sincère. Personne ne peut jouer la comédie aussi longtemps. Cela n'aurait pas de sens.

Je ne suis pas Bradamante.

Cette phrase est une clef. Qu'a-t-elle pensé ? Que j'attendais trop d'elle ? Que je ne l'aimais pas telle qu'elle était ? À moins que... Je me précipite sur mon ordinateur, me connecte sur Facebook, clique dans l'historique des messages. Je relis la lettre odieuse que je lui ai envoyée et sa fin.

Tu n'es pas Bradamante, moi non plus. Je n'ai pas envie de passer l'été à essayer de transpercer ta carapace en espérant ne serait-ce qu'un instant de sincérité. En es-tu capable, d'ailleurs ? Je n'en sais rien.

Non, Violetta n'a pu faire cela, feindre de m'aimer pour se venger de moi. Je lui ai présenté mes excuses, elle m'a dit que j'avais eu raison, qu'elle créait une armure pour se protéger du monde et qu'elle en avait assez, qu'elle était amoureuse de moi.

Pourtant son message est un écho du mien.

Le téléphone sonne. Je me précipite. C'est Gianni. Il me propose de bouger, d'aller voir un film, boire un verre au *Plasma*, histoire de varier un peu. À sa voix pleine de sollicitude, je devine qu'il sait quelque chose et n'ose pas m'en parler. J'hésite. Je refuse poliment, raccroche. Je n'ai envie de voir personne, ce soir.

Mû par une curiosité malsaine, je retourne sur Facebook. Je n'ai pas de nouvelle demande d'amitié, cinq ou six personnes m'invitent à jouer à des trucs débiles. Hier, Sandra a posté une vidéo de tango sur mon mur. Je réprime l'envie de l'effacer, me rends sur la page de Violetta. Rien de neuf depuis la dernière fois que j'y suis passé. Je ne peux m'empêcher de regarder ses photos : Violetta à cheval, franchissant une haie, Violetta devant le box de Coviello, la tête appuyée contre la sienne, Violetta en gros plan, ses prunelles bleu-violet pétillant de malice. Son regard est un supplice. J'éteins l'écran, je me lève, fouille dans les placards de Paolo, déniche une bouteille de vodka.

Si je la vide, est-ce que j'aurai moins mal ?

✧

J'ai passé la nuit aux toilettes, vomissant avec l'alcool ma douleur et mon désespoir. À présent, j'ai froid, j'ai mal au crâne, mal au cœur. Je me sens si faible que je peux à peine me représenter son visage.

✧

Le téléphone sonne.

Quel jour ? Quelle heure ?

Je me connecte dans une sorte de torpeur.

— Allô ?

— C'est Gianni.

— Ah, salut...

— Je vais passer.

— Je ne sais pas, je ne suis pas de très bonne compagnie, là...

— Pas grave. À tout à l'heure.

Il raccroche. J'émerge, ouvre en grand les volets, cligne des yeux, ébloui par le soleil. Je jette un coup d'œil au studio : c'est une catastrophe. Je me suis fait livrer des sushis et une pizza que je n'ai même pas terminés. Ils gisent, épars, sur le sol. Des relents de sueur, d'alcool et de vomi flottent dans l'atmosphère. Première étape : boire un grand verre d'eau, trouver de l'aspirine. Il n'y en a pas, alors je prépare un café. Pendant que l'eau chauffe, je commence à nettoyer.

Quand Gianni frappe à la porte, l'appartement est propre ; seuls deux énormes sacs-poubelle témoignent du chaos dans lequel j'ai végété.

— Ouh là, lance-t-il en me voyant.

Il redresse ses lunettes de soleil, fait quelques pas dans le studio, se retourne et m'observe, sourcils froncés. Je réalise soudain que je ne me suis pas lavé. Je traîne dans ce tee-shirt, ce caleçon depuis... trois jours, quatre peut-être ? Honteux, je prends quelques vêtements propres et me précipite sous la douche. Je me savonne le corps et les cheveux, je me lave les dents. Quand je sors, j'ai l'impression d'être de nouveau moi-même.

Gianni a apporté de quoi manger : deux parts de focaccia, des olives et des prunes rouges. Il ne me demande rien, attend que je sois prêt à me confier. Mais les mots demeurent coincés dans ma gorge. Avisant la lettre de Violetta chiffonnée dans un coin, je la déplie et la lui tends. Il la lit, secoue la tête d'un air écœuré.

— Qu'est-ce qu'il y a eu entre vous ?

Je hausse les épaules.

— Je n'en sais rien, Gianni. Elle est venue me chercher à la gare, on a passé la journée ensemble et le lendemain...

Je hausse les épaules, me lève pour faire réchauffer le café.

— Tu l'as vue ?

— Oui, reconnaît-il après avoir hésité un instant.

— Comment va-t-elle ?

— Pire qu'avant. Elle fait la fête toute la nuit, je ne sais pas comment elle tient.

Je pose deux tasses de café entre nous. Gianni fuit mon regard. Les yeux vagues, il fixe un point invisible au-dessus des toits. Je déglutis, pressentant le pire. Mes paumes sont moites et glacées. Un étau se resserre autour de mon cœur.

— Tu sais où elle est ? Tu peux me le dire...

— Elle partage un appart avec Eros, pour le moment.

— Elle a trouvé du travail ?

— Grâce à Paolo, oui. Un mi-temps dans une boutique de fringues. Et puis, elle s'occupe à nouveau de la jument de Livio. Apparemment, Titania était ingérable en son absence.

Ben voyons ! Et que va-t-il se passer, la prochaine fois que la jument aura peur d'une feuille morte et la fera tomber ? Amer, je croque un morceau de focaccia, incapable d'en apprécier la saveur.

— À propos de Livio, ajoute mon ami après un moment de silence, autant te le dire : Violetta et lui sont ensemble.

Un goût de bile envahit ma gorge.

— Depuis combien de temps ?

Ma voix tremble, je suis au bord de la nausée.

— J'ai l'impression que ça a commencé avant que tu ne rentres de Bologne. Je suis désolé, Armando. Vraiment.

À cet instant, le barrage qui contenait mes émotions explose. Une vague de souffrance me submerge. J'éclate en sanglots. Gianni me prend maladroitement dans ses bras, me serre contre lui jusqu'à ce que je me calme, jusqu'à ce que mes larmes se tarissent. Quand je me redresse, une partie de moi est morte. Je me sens calme, cependant, étrangement déterminé.

Violetta m'a trahi, Violetta m'a blessé. Quel que soit le moyen, elle paiera pour ce qu'elle m'a fait.

Chapitre quinze

La vengeance...

J'aurais abandonné l'idée si je n'étais pas allé au *Scarpia*. Je savais que je risquais de la rencontrer, je le désirais d'ailleurs, au moins pour tenter de comprendre et obtenir une explication. Quand je l'ai aperçue, au bras de Livio, j'ai reçu un coup de poignard en plein cœur. Elle portait sa robe noire à sequins, un rouge à lèvres écarlate assorti à son pendentif et à ses hauts talons.

Je n'ai pas eu le courage de l'aborder ; accoudé au comptoir, je me suis contenté de la fixer avec insistance, jusqu'à ce qu'elle se sente observée et rencontre mon regard. L'espace d'un instant, j'ai lu une telle détresse dans ses yeux que j'ai failli me précipiter vers elle et la prendre dans mes bras, lui jurer que je l'aimais et l'emmener loin d'ici. Mais elle s'est reprise rapidement et, se hissant sur la pointe des pieds, elle a murmuré à l'oreille de Livio. Celui-ci a acquiescé en riant, l'a embrassée.

Au moment du karaoké, Violetta a grimpé la première sur les planches, un verre à la main. Les habitués l'ont applaudie, elle a terminé son cocktail et s'est lancée.

Elle a interprété *One Year of Love*, sans jamais me quitter des yeux. Les paroles qui défilaient sur l'écran, face à moi, me brûlaient : la chanson de Queen m'était destinée, je le *sentais*. J'ai espéré, quand Violetta a quitté la scène, qu'elle coure jusqu'au bar et se jette dans mes bras. Mais non. Elle a rejoint Livio, elle l'a enlacé. Puis elle a tourné la tête vers moi, m'a souri. Un sourire en coin, un sourire moqueur. J'ai eu envie de la tuer.

Ce soir-là, j'ai rencontré Sandra. Par dépit, parce que j'avais bu, j'ai accepté sa façon collée-serrée de danser, ses avances à peine modérées par mes précédents refus. En partant, nous avons croisé Livio et Violetta. À son expression lorsqu'elle a vu qui m'accompagnait, j'ai réalisé que j'avais réussi à la blesser.

Chacun son tour, Violetta.

~ille~

Même absente, Violetta me gâche la vie. Quand je contemple Sandra endormie près de moi dans le studio que je sous-loue, désormais, à Paolo, c'est d'abord elle que j'espère. Dans chacun de nos baisers, chacune de nos étreintes, elle est là, avec son regard violet, son visage doux au nez droit et aux lèvres pleines, avec son corps de nymphe, sa peau douce et son parfum de fleur d'oranger. Elle m'obsède. Je veux qu'elle souffre pour cela et pour ce qu'elle m'a fait.

Sandra est-elle dupe ? Pour le moment, elle semble se satisfaire de mon rôle de petit ami attentionné et de triompher chaque fois que nous croisons Violetta.

De toute façon, ce n'est pas mon problème. Je suis redevenu Agilulfe, le chevalier inexistant. Sauf que mon armure n'est pas de métal, mais d'indifférence, et que ce n'est pas la volonté qui me maintient en vie, mais la haine.

Pour faire plaisir à Sandra qui espère dîner avec eux, parce que Gianni a insisté, aussi, j'ai accepté de renouer avec mes parents. J'ai écouté les messages enregistrés sur mon ancien téléphone, j'ai lu la lettre que le Commandeur a confiée à mon meilleur ami. Il regrette sincèrement le « malentendu » qui a causé notre brouille et « accepte » que je poursuive des études de lettres après avoir obtenu un master en droit et en histoire de l'art.

Ma mère, mon père et moi avons déjeuné ensemble dans un restaurant très chic de San Frediano. Ils se sont enquis de ma santé, ont déclaré qu'ils seraient ravis que je vienne un soir avec Sandra. Bien sûr, Sandra et moi sommes issus du même milieu. Aucun risque de mésalliance avec elle...

À tout, j'acquiesce avec politesse. J'interroge maman sur ses travaux d'expertise, sur la vie de la paroisse. Avec mon père, je discute de ses amis du club, je lance un sujet politique.

Pas une fois la question de mes études n'est abordée.

Ils sont rassurés, considèrent que la question est réglée. Même si leur fils a quitté la demeure paternelle et sort beaucoup, il fréquente une jeune femme convenable et

terminera son double cursus, ce qui lui donnera amplement le temps d'oublier ses lubies littéraires. Qu'ils croient
ce qu'ils veulent ! Violetta m'aura au moins appris une
chose : me battre pour construire la vie que je veux mener,
pas celle que l'on m'impose.

Dommage qu'elle n'ait pas le courage de mettre ses
conseils en pratique.

~ℓℓℓ~

Violetta passe ses nuits à boire, à danser, mais il n'y a
aucune joie dans ce qu'elle fait, juste une détermination
morbide, une volonté délibérée de brûler ses dernières
cartouches. Elle est malheureuse et Livio ne voit rien,
ne comprend rien, tout fier qu'il est de l'exhiber partout
comme un trophée.

Son père se moque de savoir qui Livio fréquente. Selon
lui, c'est une manière d'apprendre à devenir « un homme »
en attendant de trouver la mère de ses enfants. Mentalité
écœurante, comme celle du Commandeur : les deux ver-
sants d'une même pièce.

Et moi, au lieu de me demander pourquoi Violetta se met
dans cet état, au lieu de trouver le moyen de la prendre à
part et de lui parler, je l'enfonce. C'est minable, je le sais.
Mais c'est plus fort que moi. Quand je la vois pendue au
cou de cet abruti, rire trop fort, danser, lascive, avec lui,
avec ses amis, grimper sur la scène de karaoké, paillettes
et poudre aux yeux, enthousiasme factice, j'ai envie de lui
faire mal, j'ai envie de la briser.

Et comme Sandra et Violetta se détestent, rivalité née au haras dell'Arno Nero, vite transformée en hostilité, je ne perds aucune occasion d'étaler devant elle mon nouveau « bonheur ». En boîte, en soirée, même le week-end, puisque Sandra a mis son cheval en pension chez Brandini. Pire, je lui donne toutes les opportunités de se pavaner devant elle et de la dénigrer.

ILe

Facebook. Une photo de Violetta, postée sur la page de Livio. Cheveux relevés, humides de sueur, cernes sous les yeux, rouge à lèvres passé, elle est au *Scarpia*, un verre à la main, et regarde l'objectif avec un sourire insolent.

La plus belle.

Bouffée de jalousie. Il n'a pas le droit d'écrire ça. Pas lui. Et surtout pas en postant cette image lamentable, cette image où elle ne se ressemble pas. Instinctivement, je regarde les clichés d'elle, sur mon portable : il y en a une centaine, peut-être plus. Violetta à San Miniato, Violetta en Chianti, Violetta essayant de grimper à un arbre, Violetta allongée sur l'herbe, la main tendue vers moi, Violetta nue sur le lit, après l'amour, endormie. Violetta. Violetta. Violetta. Je ne sais pas pourquoi je les garde. Chacun d'eux me donne envie de pleurer.

Sandra s'approche, toise l'écran d'ordinateur avec mépris.

— On dirait vraiment une droguée, renifle-t-elle.

— C'est le cas.

— Je ne sais pas pourquoi, je m'en doutais.

— C'est pour ça qu'on a cassé, en fait. Je ne supportais plus de la voir défoncée, et comme elle ne voulait rien entendre...

Les mensonges viennent d'autant plus aisément que l'interlocuteur est prêt à les accepter. Sandra est l'auditrice rêvée. Quand elle remarque les photos sur mon téléphone, je devine que mes propos seront répétés, amplifiés. D'une manière ou d'une autre, ils atteindront Violetta. Mais ce n'est pas assez. Ce ne sera *jamais* assez. Si elle s'est jouée de moi, elle ne mérite pas mieux. Si elle éprouve encore des sentiments pour moi, je ne comprends pas pourquoi elle est partie. J'aurais été là pour elle, je ne l'aurais jamais abandonnée. Elle n'avait *pas le droit* d'en douter. C'est cela, je crois, qui m'anéantit. Le fait que Violetta ne m'a finalement pas fait confiance.

Pour elle, nos projets n'étaient que des rêves. C'est sûr qu'avec Livio, c'est le premier degré garanti.

— Tu penses à quoi? me demande Sandra, interrompant mes réflexions.

— Je me disais... je me disais qu'il serait peut-être temps que tu viennes dîner chez mes parents?

ᴕᴕᴕ

Août s'écoule au rythme monotone de mes journées à la bibliothèque, des soirées au *Babylon*, au *Scarpia* et des entraînements de Sandra chez Brandini. Estrella, sa monture, une lusitanienne[1] au caractère sensible, lui sert de prétexte pour harceler Violetta. Si Estrella fait un écart, c'est parce qu'elle a laissé traîner la chambrière au milieu de la carrière ; si Sandra rate une figure, si Estrella se braque, c'est parce que Titania passe à proximité ; lorsque Estrella fait une colique, c'est encore la faute de Violetta – peu importe que celle-ci lui ait sauvé la vie. Je sais ce qu'espère Sandra : le renvoi définitif de Violetta. Mais Livio tient trop à elle pour le permettre.

Brandini, quant à lui, sait qu'il ne trouvera jamais quelqu'un comme elle. Officiellement, elle ne travaille plus pour lui, mais l'avoir dans son écurie, c'est s'assurer à peu de frais une palefrenière et une entraîneuse hors pair.

Le jour de l'Assomption, je me rends à Santo Spirito avec mes parents. À défaut d'écouter la messe, j'observe l'architecture de l'édifice, son dôme austère, ses travées. Je m'attarde sur le Christ de Michel-Ange, sur les sculptures qui ornent les chapelles. Je regarde les confessionnaux, où se presseront bientôt des paroissiens inquiets d'être absous de leurs péchés. Je songe aux miens. Mensonges, cruauté. Paolo m'évite, Gianni me reproche de changer. « Ça ne te ressemble pas, Armando. Et sortir avec Sandra, franchement… »

Après la cérémonie, j'esquive le repas familial, le rejoins au *Perchè no!…* Notre dernière discussion s'est mal terminée, je l'ai insulté, me suis montré grossier. J'ai envie de rattraper les choses entre nous.

---

1. Les lusitaniens sont une race de chevaux portugais, très appréciés pour leurs aptitudes au dressage.

Quand j'arrive, il est déjà là, arborant ses éternelles lunettes de soleil. Nous commandons nos glaces ; pour lui, une framboise-melon-pêche rouge, pour moi, une chocolat-coco-noisette. Le banc, de l'autre côté de la rue, est pris d'assaut. Nous nous asseyons sur les marches d'une boutique, près du palazzo dell'Arte.

— Je suis désolé pour l'autre jour. Je n'aurais pas dû te parler comme ça.

Il hausse les épaules.

— C'est passé. C'est juste que ça m'a fait mal sur le coup.

Je connais bien Gianni : je sais exactement où appuyer pour le blesser. Les années-lycée, ses amours malheureuses avec des garçons plus âgés, ses crises de larmes… Je m'en veux d'avoir fait ça.

— Ce que je ne comprends pas, reprend-il, c'est pourquoi tu t'acharnes sur Violetta.

— Elle m'a pris pour un pigeon.

— Tu crois que ça justifie les rumeurs… et le reste ? Ne me dis pas que tu n'es pas au courant, Armando ? Il y a une photo de Violetta qui circule en ce moment sur le Net. Une photo de Violetta nue, avec son numéro de téléphone en légende.

Sandra. Elle a dû profiter d'une de mes absences pour la récupérer et la diffuser. Cette fille est pire encore que ce que je pensais. En même temps, je me doutais en laissant traîner mon portable de ce qu'elle ferait… Je suppose que je le souhaitais.

— En quoi ça me concerne, Gianni ?

— Violetta m'a confié que c'était toi qui l'avais prise. Tu sais ce qui la rend la plus malheureuse ? C'est que tu salisses votre histoire. Écoute, je ne sais pas pourquoi vous avez cassé, mais ce dont je suis sûr, c'est que vous vous aimez toujours... Elle ne souffrirait pas autant quand elle te voit au bras de Sandra. Et toi, tu n'aurais jamais choisi cette pétasse si tu ne voulais pas lui faire du mal.

Violetta m'aime. Violetta souffre par ma faute. Mais qui a commencé ? Qui a trahi l'autre ? J'en ai assez d'être le salaud de service, parce qu'elle est malade la pauvre chérie, parce que tout ce dont elle est capable, c'est se foutre en l'air – et les autres aussi dans la foulée. Je pense à elle sans arrêt, avec des bouffées de haine et de désir mêlés, avec les nerfs à vif et l'âme brisée.

Sans elle, rien n'a de sens. Tout m'écœure, moi le premier.

Alors ce n'est pas elle qu'il faut plaindre...

— Cette pétasse, dis-je enfin, les yeux fixés sur mes mains aux jointures blanchies, aux doigts crispés, c'est ma future fiancée.

Chapitre seize

— Je ne monte pas souvent sur scène. D'accord, je ne suis *jamais* monté sur scène. J'ai juste été enfant de chœur. Alors j'espère que vous me pardonnerez si je ne suis pas très à l'aise… J'espère surtout que celle à qui cette chanson est dédiée ne m'en voudra pas trop s'il y a des ratés.

Entendant les rires des spectateurs, je me détends un peu et j'assure ma prise sur le micro. Les premières mesures de *Lovesong*, des Cure, retentissent.

Les yeux rivés aux paroles qui défilent sur l'écran, je me jette à l'eau.

Sandra est au premier rang. En théorie, *Lovesong* lui est destinée : l'introduction à ma demande de fiançailles. En réalité, c'est une manière, encore, de torturer Violetta.

Quand j'en ai parlé à Gianni l'autre jour, je ne pensais pas réellement ce que je disais. Mon histoire avec Sandra n'est qu'une mascarade ; cette fille ne m'intéresse pas, et je ne suis pas sûr qu'elle tienne vraiment à moi. Avec elle, c'est le jeu des apparences, du couple parfait, propre sur lui, bon à marier et cela suffit amplement.

Seulement, il y a eu mardi dernier.

Mardi dernier : l'anniversaire de Violetta.

Dix-neuf ans.

Onze années de sursis si elle accepte de se ménager.

Moins de cinq, au rythme où elle se détruit.

Mardi dernier, Livio, Paolo et d'autres lui ont préparé une soirée-surprise au *Scarpia*. Ils se sont mis d'accord avec le DJ. Quand Violetta est montée sur les planches pour le karaoké, il a passé *Happy Birthday To You*. Tout le monde a repris. Violetta était émue aux larmes. J'avais envie de pleurer, moi aussi. Mais de jalousie. Parce que j'aurais dû être à la place de Livio. J'aurais dû organiser cette fête pour elle. Au lieu de cela, j'étais à l'écart. Loin d'elle. Je me sentais tellement mal que j'ai prétexté un accès de fièvre pour rentrer. Le lendemain, via Facebook, j'ai appris qu'ils s'étaient regroupés pour lui offrir…

Falco, le cheval de ses rêves.

Falco, qu'elle avait refusé que je lui achète.

Je ne sais pas ce qui était le pire. Savoir que Violetta pouvait vivre heureuse sans moi, ou que Livio, le fils à papa, le fat, l'imbécile, soit assez amoureux et altruiste pour avoir eu l'idée d'organiser une collecte pour ce cadeau.

Les dernières paroles, promesses d'amour éternel en carton-pâte, en rien, s'effacent de l'écran. La musique s'éteint.

Je saute de scène sous les applaudissements, prends Sandra dans mes bras, la fais virevolter et l'entraîne vers le boudoir. Violetta n'est pas loin : j'ai aperçu sa silhouette, j'ai senti son regard pendant que je chantais là-haut. J'ai choisi une table en évidence. Non loin de nous, Gianni et quelques amis communs. J'ai bien fait les choses. En nous voyant arriver, le serveur nous apporte deux coupes de champagne. Je laisse Sandra s'asseoir, mets un genou à terre et sors de ma veste un écrin. Elle me contemple, les yeux écarquillés de surprise.

— Sandra, je sais que cela ne fait pas longtemps, nous deux, mais je tiens à toi. Alors voilà...

La voix me manque, non d'émotion, mais parce que je me dégoûte, parce que j'aperçois Violetta qui revient des toilettes et porte la main à ses lèvres, bouleversée.

Sandra ouvre la petite boîte, découvre la bague d'or rose, ornée d'une pierre de lune et de minuscules aigues-marines.

— Oh mon Dieu, balbutie-t-elle, papillonnant des yeux. Oh mon Dieu... Armando...

Quand elle m'embrasse, j'ai plus honte de moi encore, parce que je comprends qu'elle est sincèrement touchée.

ﾧﾧﾦ

— Je ne peux plus la voir! siffle Sandra de retour du haras, en claquant la porte du studio.

Je lève les yeux du catalogue que Monica, ma responsable de stage, m'a demandé de consulter pour me familiariser avec les collections du Bargello.

Ma fiancée est furieuse. Ses joues sont rouges, son regard étincelant.

— Qu'est-ce qui s'est passé ?

— Il s'est passé qu'à cause d'elle, je n'ai pas pu monter correctement ! Mademoiselle veut faire du dressage, figuretoi. Alors, elle a besoin de s'entraîner… Comme si son taré de canasson était capable d'autre chose que se cabrer et ruer.

— Estrella va bien, au moins ?

— Oui, mais elle m'a fait tomber, souffle-t-elle. Devant les palefreniers et le nouvel entraîneur.

Je remarque les égratignures sur son bras, son pantalon d'équitation maculé. Sandra se sent d'autant plus humiliée qu'elle n'était pas en position de force, cet après-midi, et que Violetta, meilleure cavalière, veut concourir dans la même catégorie. Je ne peux pas l'en empêcher. D'une certaine façon, c'est moi, quand nous étions en Chianti, qui lui ai donné cette idée. Je devine, en revanche, que la situation risque de s'envenimer. Avec Titania, Violetta pouvait faire des concessions, céder sa place. Falco est un rêve devenu réalité. Son ultime défi. Elle n'abandonnera pas. Le problème, c'est qu'elle a beaucoup moins de relations que Sandra, beaucoup plus de scrupules, aussi. Jamais elle ne s'en prendra à un cheval, alors que ma fiancée…

Perdre Falco la tuerait.

Sa souffrance et ma haine sont ce qui nous lie : je refuse de les perdre.

Je referme le catalogue.

— Je vais aller lui parler.

— Pour lui dire quoi ? Un truc comme : « ce serait sympa de dégager d'ici » ?

— Non. Je vais lui demander d'arrêter de te provoquer et de t'empêcher de travailler ta jument dans de bonnes conditions.

— Et tu crois qu'elle t'écoutera ? interroge-t-elle, sourcil arqué.

— Fais-moi confiance, Sandra. Je connais tous ses petits secrets. Elle n'aura pas le choix.

~∂𝒍𝒆~

Le soleil se couche quand je prends la route du haras. Je ne sais pas exactement ce que je vais raconter à Violetta. Je peux la faire chanter, la menacer. Moi seul connais l'étendue de ses fraudes, les faux certificats médicaux, les analyses truquées. Si cela se savait, elle serait définitivement écartée des compétitions et personne n'accepterait plus de l'engager.

Mais que lui demander en échange ? De renoncer aux concours de dressage ? C'est une possibilité. De ne pas s'inscrire dans les mêmes épreuves que Sandra ? C'est déjà mieux. De ne pas s'entraîner quand elle est là, d'éviter sa présence et de déplacer Falco, de manière à ce que Sandra le voie le moins possible ? C'est faisable.

De mon côté, j'essaierai de convaincre ma fiancée de trouver une autre pension pour Estrella. Un club plus proche de Florence, peut-être ? Le Centro Ippico Toscano, au nord de la ville, a très bonne réputation par exemple. Un instructeur l'aiderait, bien mieux que l'entraîneur de Brandini, à progresser et à préparer sa jument. Je lui proposerai dès que le problème Violetta sera réglé.

Je m'engage sur la colline menant au haras. Les coquelicots ont disparu, l'herbe jaunie prend une teinte mordorée dans l'horizon rougeoyant. Mélancolique, je gare mon scooter à sa place habituelle, à côté du portail.

Les chiens accourent vers moi, aboyant, bondissant de joie. Mes genoux tremblent, mes mains sont moites quand je remonte l'allée menant aux écuries.

En approchant, j'assiste à une scène surréaliste. Violetta est au milieu de la petite carrière, une longe dans la main. Calme, déterminée, elle marche sur l'ombrageux Falco, colosse à la robe brune. Celui-ci, qui s'était arrêté, part aussitôt au trot. Secoue un peu la tête puis change de direction lorsqu'elle le lui demande d'une simple flèche du bras. Elle recule sans le regarder. Il ralentit son allure. Elle s'avance de nouveau : il accélère, attentif à ses moindres gestes. Finalement, il passe au pas. Elle lui tourne le dos, recule, s'accroupit. Il s'arrête, intrigué, la rejoint prudemment, naseaux dilatés.

Ne voulant pas briser cette harmonie, je décide de l'attendre près de chez elle. Machinalement, je tourne la poignée de la porte ; celle-ci s'ouvre en grinçant. J'hésite un instant, pénètre dans le studio.

Rien n'a vraiment changé, depuis notre rupture. Mêmes étagères débordant de vêtements en désordre, de romans, de bédés et de CD, même banquette, mêmes coussins colorés. Sur la table basse, des livres consacrés à l'éthologie et à l'équitation en liberté. Dans un coin, l'exemplaire du *Chevalier inexistant* que je lui ai offert. Je m'en saisis; plusieurs pages sont cornées. Curieux, j'en ouvre une, au tout début :

... dans tout ce vide, il n'arrivait plus à faire jaillir une pensée distincte, un mouvement de volonté, une idée fixe. Il se sentait mal : c'étaient là des instants où il était près de s'évanouir. Parfois, ce n'était qu'au prix d'un effort extrême qu'il parvenait à ne pas disparaître[1].

Troublé par ces mots que je pourrais faire miens, je referme l'ouvrage et m'assieds sur le sofa. Je saisis un magazine, le feuillette sans parvenir à me concentrer.

J'entends son pas sur les graviers. Gorge nouée. Pouls désordonné. Elle entre, repousse dans un geste familier une longue mèche noire derrière son oreille, se fige en réalisant ma présence.

— Armando... Tu... tu es là...

— Il fallait que je te parle. Je ne voulais pas te déranger pendant ton travail, alors...

Elle se dirige d'un pas incertain vers la cuisine, prend deux verres dans le placard, les pose avec maladresse

1. Italo Calvino, *Le Chevalier inexistant*, Seuil (coll. Points), 1995, traduction de Maurice Javion.

sur le comptoir. Du frigo, elle sort une bouteille de San Pellegrino.

— Tu en veux ?

— S'il te plaît, dis-je en la rejoignant.

Elle tente de nous servir, mais tremble si fort qu'elle en verse la moitié à côté. Doucement, je lui prends la bouteille des mains, effleurant ses doigts au passage. Je sursaute, ressens un choc électrique, un élan douloureux dans le creux de mes reins. Avec ses prunelles violettes, deux gemmes brillantes dans son visage de madone, ses mèches humides, son parfum de fleur d'oranger mêlé de sueur, elle est si belle, si sensuelle que j'oublie pourquoi je suis venu. Il n'y a plus qu'elle et moi. Je l'aime. Je la désire. Rien d'autre n'a d'importance.

— Armando, pourquoi...

— Chut.

Je me penche au-dessus du bar, saisis son visage entre mes paumes, l'embrasse, doucement, puis avec une soif qui me terrifie. Violetta agrippe mes épaules, je crois d'abord que c'est pour me repousser, mais non, elle me rend mon baiser avec une ardeur égale. Un instant plus tard, nous sommes allongés sur la banquette, à demi nus. Mon corps est en fusion, le sien brûle de fièvre. Consumé par un feu inextinguible, exalté par la passion désespérée avec laquelle elle me rend mes caresses, je la dévore, me fonds en elle.

Quand nous nous séparons, hors d'haleine, j'ai l'impression d'être de nouveau moi-même.

Je la prends dans mes bras, presse ma joue contre la sienne.

— Je ne veux plus jamais te quitter, Violetta.

Elle ne répond pas. J'effleure son bras, la courbe de ses hanches graciles.

— Tu sais, je suis désolé pour Sandra, pour tout. Je...

— Tais-toi, souffle-t-elle. Nous deux, c'est... c'est une erreur. Ça ne se reproduira plus.

Elle me tourne le dos, se replie au fond du sofa, ses longs cheveux sombres formant un voile protecteur autour d'elle. La ligne de sa colonne vertébrale, sinueuse, me serre le cœur. Pour la première fois, je remarque combien elle a maigri.

— Pourquoi?

— Ça n'en vaut pas la peine. C'est trop tard, maintenant.

— Et ces semaines ensemble, ce qui vient de se passer, ça ne compte pas? Tu m'aimes, et moi je n'en peux plus d'être loin de toi. Ça me ronge, tu comprends? J'ai besoin de toi, j'ai besoin de ta...

— Arrête, Armando. Va-t'en. S'il te plaît.

Sa voix est un sanglot, un verdict sans appel. Vide soudain, vide glacé. Sentiment que la vie s'est retirée de moi. Comme un automate, je ramasse mes affaires, m'habille à toute vitesse. Avant de partir, je la contemple une dernière fois. Elle n'a pas bougé. Reste recroquevillée sur elle-même. Trop lâche pour me regarder. Trop lâche pour affronter ses sentiments, me dire en face pourquoi c'est terminé ou prendre le risque de recommencer. Colère soudaine. Envie de la secouer, de la briser.

— Tu sais quoi, Violetta ? Tu as raison : si tu préfères être la pute de Livio, gâcher le temps qui te reste avec lui, très bien. Je n'insiste pas, j'ai compris…

Je jette un billet de cinquante euros sur la table.

— Mais je te remercie pour la passe.

Puis je m'en vais.

Sans me retourner.

Chapitre dix-sept

J'ai regagné Bologne.

La fin de mon stage au Bargello s'est déroulée dans une sorte de brouillard ; autour de moi, tout était gris. Je me comportais en automate, mentant mécaniquement à Sandra : « J'ai voulu lui parler, elle n'était pas là », « Je n'ai pas le temps de m'en occuper. » Finalement, au cours d'un dîner, elle a rencontré une cavalière du Centro Ippico Toscano, je n'ai même pas eu besoin de l'influencer.

Sandra a déménagé sa jument juste avant mon départ. À présent, elle ne jure que par Olivia, son instructrice, et ses nouveaux amis. Elle me téléphone souvent, mais n'est pas encore venue me voir. J'espère qu'elle va finir par se détacher de moi.

Ici, c'est l'été indien. Sous les arcades, des groupes jouent du jazz, des musiques de film, des pièces classiques. Les cours ont repris dans l'effervescence.

Je n'ai pas cédé à la volonté de mes parents; ils ne sont pas au courant, mais j'ai définitivement abandonné le droit. Je suis des cours de lettres modernes : au programme, littérature italienne, philologie, histoire du cinéma. Des cours passionnants, dont je ne parviens pas à profiter.

Tout me paraît fade.

Terne.

Absurde.

Je reprends vie, brièvement, quand je me connecte à Facebook et suis les progrès de Violetta et de Falco. J'ai créé une fausse identité et l'ai demandée en amie. Je ne commente pas, je ne « like » pas, je me contente de regarder ses photos, de suivre son actualité. Ses progrès avec Falco, le départ de Livio pour ce fameux stage au Japon. J'ai l'impression que ce qui me maintient en vie, c'est ça : épier ses statuts postés au gré d'une vidéo, d'un cliché.

*Aujourd'hui, Falco s'est surpassé ☺ : une reprise entière sans s'énerver ^^*

Une dizaine de personnes ont commenté.

Falco et les appuyers[1] : toute une histoire ♥

Première sortie publique pour Falco : quelques erreurs, un brin de panique, mais on est sur la bonne voie, lui et moi! Siro, Clara, merci pour les photos...

---

1. Exercice de dressage pendant lequel le cheval se déplace latéralement en croisant ses membres.

Est-elle heureuse ? En a-t-elle le droit si moi, je ne le suis pas ? Je n'ai aucun appétit. Mes nuits sont peuplées de cauchemars. Elle me manque. Souffre-t-elle autant que moi ? Je l'ignore, je l'espère. J'ai tellement mal, parfois, que je la voudrais morte.

─ꟙ℮─

Premières averses depuis la rentrée. Éclairées par les réverbères, les gouttes de pluie sur la fenêtre ressemblent à des larmes de géant. Assis à mon bureau, je tente vainement de me concentrer sur une dissertation. Le sujet ? « La notion de fuite dans les œuvres de Buzzati et Calvino. » Le corpus ? *Le Désert des Tartares* et *Le Chevalier inexistant*.

J'allume mon ordinateur, me connecte sur Facebook. Je poste sur ma page, juste pour me faire plaindre, avoir le sentiment d'exister.

Dissertation pourrie. Temps pourri. Automne = 1. Moi = 0.

Une seconde plus tard, je reçois un message privé de Gianni.

Tu as du temps pour discuter ?

Autant que tu veux.

OK. Je t'appelle.

Intrigué, fébrile sans savoir pourquoi, je cherche mon téléphone dans mes affaires, le trouve sous une pile de feuilles de brouillon. Un instant plus tard, la sonnerie – *Lovesong*, téléchargée par Sandra – retentit.

— Salut Gianni! Ça va?

— Ça va, mais j'ai des nouvelles et elles ne sont pas très bonnes, annonce gravement mon ami.

Mes jambes flageolent. Une sueur froide perle sur ma peau. Maladroitement, je me laisse tomber sur le lit.

— Je... Qu'est-ce qui se passe? dis-je d'un ton étranglé.

— C'est Violetta.

Mes doigts griffent le dessus-de-lit, le sang bat à un rythme étourdissant dans mes veines. Pitié, faites qu'il ne lui soit rien arrivé.

— ... elle va bien.

Je ne comprends rien, lui demande de répéter. Ma langue est en carton, mon corps en plomb.

— Violetta nous a fait peur, explique-t-il, mais elle est remise. Suffisamment, d'après elle, pour maintenir sa participation au concours de demain.

— Un concours de...

— De dressage, près de Sienne. On a essayé de l'en dissuader, impossible.

— Avec... avec Falco?

— Oui. Sandra s'y rend aussi. Je suppose que c'est en partie pour ça qu'elle n'a pas voulu nous écouter.

— À cause de Sandra?

— À cause d'elle, à cause de Livio qui n'est pas là, à cause de toi, aussi. Mais ce n'est pas la raison de mon coup de fil, reprend-il. Armando, je sais pourquoi Violetta t'a quitté.

Mains moites et glacées. Nouvelle vague de vertige.

— C'est la mauvaise nouvelle, hein ? Elle a fait des analyses et...

— Non, ce n'est pas ça. T'es assis ?

— Ouais.

— J'ai appris ça quand elle a fait son malaise à la maison, commence-t-il. Ce soir-là, il y avait Paolo, bien sûr, et puis Liza, Siro et sa copine. On passait une soirée tranquille, on n'avait pas prévu de sortir. Liza a fait tourner un joint... Violetta était énervée, fatiguée. Elle a pensé que fumer l'aiderait à décompresser. Bref, elle a tiré quelques bouffées. On a continué à discuter, à picoler. À un moment, on s'est rendu compte qu'elle avait disparu. Paolo l'a retrouvée, roulée en boule, sur le carrelage de la salle de bains. Violetta n'a pas voulu qu'on appelle une ambulance, alors on l'a installée au chaud dans le lit. Là, elle a commencé à parler...

De l'autre côté du téléphone, j'entends sa bouilloire siffler. Gianni se tait, reprend son souffle, se prépare un café.

— Je ne l'avais jamais vue ainsi, murmure-t-il. Si fragile, si vulnérable. Sans son masque, si tu vois ce que je veux dire...

Je vois. J'attends qu'il poursuive, lèvres sèches, gorge nouée.

— Elle s'est mise à pleurer, à raconter qu'elle était terrorisée à l'idée de mourir sans te revoir. Elle nous a supplié de te dire, s'il lui arrivait quelque chose, qu'elle n'avait jamais cessé de t'aimer. Et puis, elle a parlé de ton père, d'une promesse...

Violetta m'aime. Je reprends peu à peu vie.

Brusquement, je réalise. Que vient faire mon père dans cette histoire ? La réponse, évidente, tombe comme un couperet.

— Armando, c'est à cause de lui que vous avez rompu.

— Raconte, dis-je d'un ton sourd, main crispée sur le combiné.

— Apparemment, il a réussi à récupérer son e-mail. Il lui a écrit un message en se présentant poliment et en lui demandant de le contacter. Bien sûr, Violetta ne s'est pas méfiée. Elle l'a appelé et a accepté de le rencontrer.

— Dis-moi qu'il n'a pas osé...

— Si.

Je me lève brusquement, fouille dans le placard, trouve une bouteille. J'ai besoin d'un remontant, sinon je vais vomir. Je bois d'une traite, me ressers aussitôt.

— Pourquoi Violetta ne m'en a pas parlé ?

— Parce qu'elle a une si mauvaise opinion d'elle-même que lorsqu'une ordure comme le Commandeur se pointe avec ses costumes sur mesure, son air compassé, et lui explique que, pour le bien de son fils, elle ferait mieux de disparaître de sa vie, elle le croit ! rétorque-t-il, furieux. Qu'est-ce que tu t'imagines, Armando ? Qu'elle est de taille contre lui ? Si toi, tu as du mal, elle...

— Qu'est-ce qu'il lui a dit, exactement ?

— Oh, il a commencé par l'insulter en lui proposant un gros chèque en échange de votre rupture...

Je pense soudain au billet de cinquante euros que je lui ai quasiment jeté au visage. J'ai tellement honte que j'ai envie de pleurer.

— Et ensuite ?

— Ensuite, il y est allé au chantage : la brillante carrière qui t'attend et que tu es sur le point de gâcher pour elle, les quelques années qui lui restent à vivre, le fait que ce serait mieux pour toi que tu n'aies pas à supporter la perte d'un être cher, que tu ne t'en remettrais peut-être pas... Il l'a complètement retournée, tu sais, reprend-il plus doucement. Tu te rends compte qu'elle s'en voulait de nous confier tout ça ? Parce que c'était censé rester entre eux, un pacte secret scellé pour ton propre bien.

— Gianni... Tout ça c'est vrai, hein ? Vrai de vrai ?

— Désolé, Armando.

À peine le temps de raccrocher, je me précipite aux toilettes. J'ai la nausée, l'estomac retourné, pourtant rien ne sort. Alors, je reste à hoqueter, larmes aux yeux, au-dessus de la cuvette des W-C. Jusqu'à ce que je me décide à enfoncer deux doigts au fond de ma bouche. Un jet acide, puis un second, me libèrent du poids qui m'oppresse et m'empêche de respirer. Je me redresse, étourdi. J'asperge mon visage d'eau froide, me prépare un café. Pendant que l'eau chauffe, je consulte les horaires de train. Trop tard pour partir ce soir, mais j'en ai un tôt, demain matin.

Je passe la soirée à côté de mon téléphone. J'hésite. J'ai envie d'appeler Violetta, mais elle a ce concours demain, cela risquerait de la perturber. Mieux vaut attendre de la revoir pour lui parler, lui demander pardon pour le mal que je lui ai fait, la supplier de me donner une autre chance.

Mon père, en revanche, ne mérite pas tant d'égards.

Je consulte mon écran. Il est vingt et une heures dix. Je vais perturber son repas, ce qu'il déteste. Parfait. Je prends mon vieux portable et branche mon chargeur.

J'attends trois, quatre sonneries. Seraient-ils au restaurant ?

Enfin, on décroche.

— Allô ? s'enquiert ma mère d'un ton froid et poli.

— Allô maman, c'est moi.

— Qu'est-ce qui se passe, mon chéri, ça ne va pas ? Une seconde, je reviens...

J'entends le Commandeur, agacé, demander qui est assez discourtois pour les déranger à une heure pareille. Une rage sourde et glaciale monte en moi. J'en ai assez. Assez de son masque d'homme bien sous tous rapports, assez de sa méchanceté, de son hypocrisie. Poings serrés, j'attends que ma mère reprenne le combiné.

— Alors, qu'y a-t-il ? Cela ne te ressemble pas d'appeler si tard.

— Désolé, maman. Mais j'ai des choses importantes à vous dire. Tu veux bien mettre le haut-parleur, s'il te plaît ?

— D'accord...

J'inspire profondément.

— Papa, tu m'entends?

— Oui, répond-il, courroucé.

— Très bien. Alors voilà, j'ai décidé de rompre mes fiançailles avec Sandra. J'en ai assez de jouer la comédie.

— Armando, tu es sûr? demande ma mère après un long silence. C'est une jeune fille si bien élevée...

— Aussi sûr que mon père est une ordure sans cœur, qui n'a pas hésité à proposer de l'argent à celle que j'aime pour qu'elle me quitte. Pire, qui a abusé de sa position pour la forcer à rompre avec moi. Dis, maman, tu crois que c'est très chrétien de pousser quelqu'un au suicide?

— Je n'ai jamais...

— Si, papa. C'est *exactement* ce que tu as fait. Tu vois, quand on était ensemble, Violetta allait mieux. Elle avait arrêté de faire n'importe quoi avec sa vie, elle commençait à croire à un avenir possible. Pas long, l'avenir. Cinq ans, dix ans. Mais rempli, heureux. Et puis, tu as décidé de t'en mêler. Ça va, une fille de dix-huit ans à la santé fragile, ce n'était pas une proie trop difficile pour toi? Il ne t'a pas fallu trop d'efforts pour la convaincre qu'elle ne valait rien, que, si elle m'aimait vraiment, il fallait me laisser tranquille? Violetta t'a écouté. Et, parce qu'elle ne supportait pas de vivre sans moi, elle a recommencé à se brûler les ailes. Et comme elle est cardiaque, elle ne devrait pas mettre trop longtemps à cramer.

— Michele, souffle ma mère d'une voix altérée. C'est la vérité ?

Mon père tousse, gêné, tente de regagner un peu de contenance, amorce une réponse. Je ne le lui permets pas.

— Tu sais, papa, quand j'étais petit, je t'admirais, j'étais fier de toi, même si tu me fichais la trouille. Maintenant, tu me fais honte. Oui, tu as bien entendu : j'ai honte d'être ton fils. Et ça, tu vois, je ne te le pardonnerai jamais.

Chapitre dix-huit

J'ai raccroché.

Ils ont essayé dix, vingt fois de me rappeler. Je n'ai pas répondu.

Je suis resté assis sur le bord de mon lit, le regard vide. Ces derniers mots, je les ai prononcés parce que je savais qu'ils atteindraient mon père droit au cœur – ou à l'ego, avec lui c'est tout un. Je me suis aperçu que je les pensais vraiment. Je n'ai jamais eu des relations faciles avec lui. Enfant, il m'apparaissait comme une figure lointaine, sévère, mais juste. Plus tard, même si je ne partageais ni ses opinions ni sa façon de vivre, je me suis plié à ses décisions. Il m'écrasait. Je crois aussi qu'une part de moi se fiait à son jugement.

Désormais... Désormais, c'est comme si je rembobinais le film de ma vie et que tous les trucages m'apparaissaient.

La superbe maison est en carton-pâte, le père de famille aux allures de géant n'est qu'une ombre projetée sur un mur, la mère lointaine et jolie n'est qu'une doublure et le fils, qui toute son existence a cru que cela était vrai, se retrouve comme un imbécile au milieu du plateau, entouré d'accessoires brisés.

J'ai fini par m'endormir habillé.

Je me suis réveillé quand les cloches de l'église ont sonné. Sept heures. Vite. Un café. Une douche. Des vêtements propres, mon portefeuille, les clefs de l'appartement – surtout ne pas les oublier. J'ai marché jusqu'à la gare. Dix minutes, le temps d'éclaircir mes pensées, de digérer ce que j'ai appris hier. J'ai pris mon billet puis j'ai attendu sur le quai, sous une pluie battante.

Je suis dans le train, à présent. Visage collé à la vitre, je contemple le paysage sans le voir. À chaque kilomètre, je me rapproche de Violetta. À chaque kilomètre, je remonte dans le passé. Je revois les événements sous un jour nouveau : sa tristesse, sa façon de se comporter avant son anniversaire, mes insinuations mesquines, la manière dont j'ai encouragé Sandra à la persécuter, l'annonce de mes fiançailles, le billet de cinquante euros jeté sur la table. Violetta a rompu, persuadée qu'elle n'était pas assez bien pour moi. Elle s'est laissée insulter et humilier sans réagir, parce c'était le seul lien que nous avions, parce que la souffrance lui permettait de le *ressentir*.

Je sais qu'elle serait morte, aujourd'hui, si Livio, Paolo et les autres ne lui avaient pas offert Falco. Dire que je leur en ai voulu pour cela.

Hier, j'avais honte de mon père.

À présent, c'est moi qui me fais horreur.

~⟋ℐℓ⟍

À la sortie de la gare, je suis ébloui par le soleil. Ici, en Toscane, l'automne tarde à se manifester. Je prends un billet pour Sienne, me dirige jusqu'à l'arrêt de bus. Les cloches de Santa Maria Novella sonnent dix heures.

J'espère arriver à temps pour assister aux épreuves.

J'espère qu'elle ne me rejettera pas.

Le bus arrive.

Je grimpe, m'assieds dans la rangée du milieu.

Quand il démarre, je m'aperçois que je suis venu les mains vides. Panique soudaine, j'envoie un texto à Gianni :

📱 Tu es déjà sur place ?

Pas de réponse.

📱 Tu m'avais dit que Paolo et toi vous y seriez.
Si ce n'est pas trop tard pour vous, est-ce que
vous voulez bien acheter un cadeau pour Violetta ?
Je vous fais confiance. Je vous rembourserai,
of course.

J'attends deux minutes.

📱 J'accompagne Paolo à l'aéroport. Sa grand-mère
est à l'hôpital. Désolé.

Et merde.

Le car s'arrête beaucoup trop souvent à mon goût. Des gens montent, d'autres descendent. Pour tromper mon impatience, je les observe, j'essaie de deviner leur histoire. Qui est ce petit vieux fripé et maigre, qui grimpe péniblement les marches et s'abat sur un siège, essoufflé ? Où cette adolescente aux yeux barbouillés de khôl, au chignon fatigué, a-t-elle passé la nuit ? D'habitude, ce jeu pratiqué depuis l'enfance m'amuse assez pour me permettre de m'évader… d'un dîner empesé ou d'une messe interminable… Là, je n'arrive pas à me concentrer.

Violetta tout entière envahit mes pensées.

Je tremble de désir, de frayeur, d'amour, de confusion, d'émotions trop longtemps contenues.

Enfin, nous arrivons à Sienne.

Et maintenant ? Je sors de ma poche le papier sur lequel j'ai noté l'adresse du club.

·········

Centro Ippico San Rocco, via Grossetana 561, Comune di Sovicille.

Je ne sais pas comment m'y rendre. Le chauffeur de bus m'indique un emplacement vide, un peu plus loin. Je consulte les horaires : le prochain n'arrive que dans trois quarts d'heure. Une éternité que je peux mettre à profit afin de trouver un présent pour Violetta.

J'ai hésité entre un collier et une écharpe tissée à la main. J'ai choisi la seconde pour ses teintes flamboyantes et sa douceur. J'ai sauté dans le car avant que les portes ne se referment. Entendant plusieurs passagers parler du concours régional de dressage, je me sens soulagé : je n'aurai qu'à les suivre pour arriver à bon port.

Sur place, hennissements, effluves de paille et de crottin, de parfum et de sucre. Les nerfs à vif, je remonte une large allée de sable blanc bordée d'arbres, j'aperçois quelques chevaux dans un pré. Plus loin, un parking encombré de vans et de voitures. Au bout, un vaste corps de ferme et des installations modernes, d'où s'échappe une musique portée par les haut-parleurs. Je reconnais la fin d'un air de *Norma*, de Bellini.

Le temps que je me rapproche, la reprise est terminée. Je me fraye un chemin jusqu'aux manèges. À droite, l'espace consacré à l'échauffement des couples. À gauche, la carrière où se déroulent les épreuves.

Parmi les concurrents qui s'échauffent, je reconnais Sandra et Estrella, sa jument isabelle, impeccablement pansée. Je cherche Violetta des yeux, ne la trouve pas. Où est-elle ? À cet instant, j'entends appeler son nom et celui de sa monture. Sandra relève la tête. L'espace d'un instant, nos yeux se croisent. Mais déjà je lui tourne le dos, cours vers les gradins. Je bouscule plusieurs spectateurs, m'excuse à peine.

Pendant ce temps, le présentateur relate brièvement l'histoire de Falco.

— ... cet hanovrien de douze ans, ancien champion de concours complet dont la carrière a été prématurément interrompue par un terrible accident sur un parcours de cross. Grâce à Violetta Valeri, qui a la sagesse de le présenter en dressage, et seulement en dressage, Falco fait aujourd'hui un retour remarqué dans le circuit.

Une cloche sonne au moment où j'arrive au premier rang, essoufflé.

Violetta, fleur pâle juchée sur l'immense hongre noir, lève la main. Quand elle commence à trotter et vient se placer, calme et concentrée, au milieu de la carrière, je reconnais, surpris, l'ouverture d'un des plus beaux arias de *La Traviata* de Verdi.

La reprise commence.

Addio, del passato bei sogni ridenti,
Le rose del volto già son pallenti[1]...

Je ne suis pas assez qualifié pour reconnaître toutes les figures effectuées par Violetta et Falco, mais j'ai l'impression qu'ils volent sur la piste illuminée de soleil.

L'amore d'Alfredo pur esso mi manca[2].

1. « Adieu, rêves heureux du passé/Le rose de mes joues a déjà disparu... »
2. « L'amour d'Alfredo me manque ».

Ils galopent en parfaite harmonie, petites foulées rassemblées et aériennes, puis s'arrêtent et continuent à danser sur place, tournant sur eux-mêmes avant de repartir.

Ah, della traviata sorridi al desio;
A lei, deh, perdona; tu accoglila, o Dio,
Or tutto finì[1].

Est-ce la tristesse des adieux de cette courtisane qui porte le même prénom que Violetta, ou la beauté lumineuse du couple ? Est-ce parce que je réalise que ce cheval lui a sauvé la vie, ou parce que je l'aime tant que mon cœur va exploser ? Peut-être est-ce pour toutes ces raisons. Des larmes roulent sur mes joues et j'ai l'impression que jamais elles ne tariront, et je me sens enfin libre de les laisser couler.

Le gioie, i dolori tra poco avran fine,
La tomba ai mortali di tutto è confine!
Non lagrima o fiore avrà la mia fossa[2]...

Autour de moi, j'entends les spectateurs battre la mesure.

Les oreilles de Falco sont pointées en avant, et Violetta sourit.

1. « Ah, souris au désir d'une femme perdue;/Accorde-lui ton pardon; accueille-la ô Dieu/Maintenant que tout est fini. »
2. « Bientôt, les joies et les peines s'effaceront/La tombe est la fin de tout pour les mortels/Sur la mienne, il n'y aura ni fleurs ni larmes... »

Ah, della traviata sorridi al desio ;
A lei, deh, perdona ; tu accoglila, o Dio,
Or tutto fini[1] !

᳁᳁᳁

L'aria se termine sous un tonnerre d'applaudissements. Un peu surpris, Falco renâcle, Violetta se penche sur lui, le rassure d'une caresse, entoure son encolure de ses bras et

... glisse sans un bruit sur le sable.

Silence.

Violetta est tombée.

Violetta gît, sans vie, au pied de son cheval.

Je me précipite, m'agenouille près d'elle. Ses lèvres sont sèches et blêmes, ses paupières closes. Elle n'a pas lâché les rênes de Falco.

— Violetta, s'il te plaît...

Reconnaissant ma voix, elle bat des cils, ouvre ses beaux yeux violets déjà recouverts d'un voile.

— Ne t'en va pas...

Elle sourit, lève lentement le bras puis, cherchant ma main à tâtons, referme mes doigts autour de la bride.

— Je t'aime.

Mais il est trop tard.

Quand je me redresse, tout tourne autour de moi. Je n'arrive plus à parler, je n'arrive plus à respirer. Je ne peux que la regarder, si belle, si blanche dans la mort, et balbutier son nom pendant qu'on l'emporte loin de moi.

---

1. « Ah, souris au désir d'une femme perdue ;/Accorde-lui ton pardon ; accueille-la ô Dieu/Maintenant que tout est fini ! »

Et si?

Sur place, hennissements, effluves de paille et de crottin, de parfum et de sucre. Les nerfs à vif, je remonte une large allée de sable blanc bordée d'arbres, j'aperçois quelques chevaux dans un pré. Plus loin, un parking encombré de vans et de voitures. Au bout, un vaste corps de ferme et des installations modernes, d'où s'échappe une musique portée par les haut-parleurs. Je reconnais la fin d'un air de *Norma*, de Bellini.

Le temps que je me rapproche, la reprise est terminée. Je me fraye un chemin jusqu'aux manèges. À droite, l'espace consacré à l'échauffement des couples. À gauche, la carrière où se déroulent les épreuves.

Parmi les concurrents qui s'échauffent, je reconnais Sandra et Estrella, sa jument isabelle, impeccablement pansée. Je cherche Violetta des yeux, ne la trouve pas.

Où est-elle ? À cet instant, j'entends appeler son nom et celui de sa monture. Sandra relève la tête. L'espace d'un instant, nos yeux se croisent. Mais déjà je lui tourne le dos, cours vers les gradins. Je bouscule plusieurs spectateurs, m'excuse à peine.

Pendant ce temps, le présentateur relate brièvement l'histoire de Falco.

— ... cet hanovrien de douze ans, ancien champion de concours complet dont la carrière a été prématurément interrompue par un terrible accident sur un parcours de cross. Grâce à Violetta Valeri, qui a la sagesse de le présenter en dressage, et seulement en dressage, Falco fait aujourd'hui un retour remarqué dans le circuit.

Une cloche sonne au moment où j'arrive au premier rang, essoufflé.

Violetta, fleur pâle juchée sur l'immense hongre noir, lève la main. Quand elle commence à trotter et vient se placer, calme et concentrée, au milieu de la carrière, je reconnais, surpris, l'ouverture d'un des plus beaux arias de *La Traviata* de Verdi.

La reprise commence.

Addio, del passato bei sogni ridenti,
Le rose del volto già son pallenti[1]...

Je ne suis pas assez qualifié pour reconnaître toutes les figures effectuées par Violetta et Falco, mais j'ai l'impression qu'ils volent sur la piste illuminée de soleil.

1. « Adieu, rêves heureux du passé !/Le rose de mes joues a déjà disparu... »

L'amore d'Alfredo pur esso mi manca[1],

Ils galopent en parfaite harmonie, petites foulées rassemblées et aériennes, puis s'arrêtent et continuent à danser sur place, tournant sur eux-mêmes avant de repartir.

Ah, della traviata sorridi al desio;
A lei, deh, perdona; tu accoglila, o Dio,
Or tutto finì[2].

Est-ce la tristesse des adieux de cette courtisane qui porte le même prénom que Violetta, ou la beauté lumineuse du couple ? Est-ce parce que je réalise que ce cheval lui a sauvé la vie, ou parce que je l'aime tant que mon cœur va exploser ? Peut-être est-ce pour toutes ces raisons. Des larmes roulent sur mes joues et j'ai l'impression que jamais elles ne tariront, et je me sens enfin libre de les laisser couler.

Le gioie, i dolori tra poco avran fine,
La tomba ai mortali di tutto è confine!
Non lagrima o fiore avrà la mia fossa[3]...

Autour de moi, j'entends les spectateurs battre la mesure.

1. « L'amour d'Alfredo me manque. »
2. « Ah, souris au désir d'une femme perdue;/Accorde-lui ton pardon; accueille-la ô Dieu/Maintenant que tout est fini. »
3. « Bientôt, les joies et les peines s'effaceront/La tombe est la fin de tout pour les mortels/Sur la mienne, il n'y aura ni fleurs ni larmes... »

Les oreilles de Falco sont pointées en avant, et Violetta sourit.

Ah, della traviata sorridi al desio;
A lei, deh, perdona; tu accoglila, o Dio,
Or tutto fini[1]!

~~~

L'aria se termine sous un tonnerre d'applaudissements. Un peu surpris, Falco renâcle, Violetta se penche sur lui, le rassure d'une caresse, entoure son encolure de ses bras et … glisse sans un bruit sur le sable.

Silence.

Violetta est tombée.

Violetta gît, sans vie, au pied de son cheval.

Je me précipite, m'agenouille près d'elle. Ses paupières sont closes. Elle est livide. Mais elle respire encore et n'a pas lâché les rênes de Falco.

— Appelez un médecin ! Une ambulance ! Vite !

Reconnaissant ma voix, elle bat des cils, ouvre ses iris violets à demi voilés par l'inconscience.

— Violetta, je t'en prie…

Elle lève lentement le bras puis, cherchant ma main à tâtons, referme mes doigts sur la bride.

— Ce n'est qu'un… qu'un malaise, souffle-t-elle. J'ai juste besoin de mes chocolats.

---

1. « Ah, souris au désir d'une femme perdue ;/Accorde-lui ton pardon ; accueille-la ô Dieu/Maintenant que tout est fini ! »

Mais nous savons l'un comme l'autre que c'est bien plus grave que cela.

— Gianni m'a tout raconté. Mon père, le sacrifice qu'il a exigé de toi. Et moi... moi je me suis comporté comme...

— Chut. Ce n'est pas grave. Tu es là, non ?

— Je suis là. Et je t'aime. Et je ne m'en irai plus.

Elle se passe la langue sur ses lèvres sèches et blêmes, tourne la tête vers Falco.

— Tu prendras soin de lui ?

— Je te le promets.

— Alors, tout ira bien, Armando. Ne t'inquiète pas.

Elle ferme les yeux avec un soupir.

À cet instant, les pompiers arrivent. Quand je me redresse, tout tourne autour de moi. Je n'arrive plus à parler, je n'arrive plus à respirer. Je ne peux que la regarder, si belle, si blanche, et balbutier son nom pendant que les secours l'emportent loin de moi.

Postface
La Dame aux camélias

La Dame aux camélias, écrite en 1848 par Alexandre Dumas fils, est la chronique d'une passion destructrice entre Armand Duval, jeune homme un peu naïf, et Marguerite Gautier, une courtisane atteinte de tuberculose, dans le Paris du XIXe siècle. Pourquoi avoir choisi cet ouvrage mythique, maintes fois adapté – au théâtre, au cinéma, à l'opéra –, pour cette première incursion dans le remake de classiques ? D'une part, parce que l'histoire de Marguerite et de son sacrifice me touche énormément, d'autre part parce qu'il m'a paru que ce roman était extrêmement moderne dans son rythme et dans son propos.

« Vivre vite, mourir jeune, et faire un beau cadavre. »

Marguerite pourrait faire siens ces mots célèbres de James Dean. Elle vit le plus intensément et le plus vite possible pour combattre le sort, pour se divertir et oublier ce qu'elle est, mais aussi parce qu'elle est mue par une volonté, une rage de tout connaître avant qu'il ne soit trop tard.

Le temps d'Armand, lui, se mesure à l'aune de sa passion pour Marguerite : loin d'elle, les minutes sont des heures. La maladie de la jeune femme lui rappelle qu'ils sont toujours en sursis.

Appétit de vivre, passion, profiter de chaque jour comme si c'était le dernier – et au diable la prudence ! C'est à mon sens ce qui donne corps au roman et l'ancre parfaitement dans notre époque.

~~~

« On accepte l'amour qu'on croit mériter. »

Tirée du roman *Le Monde de Charlie*, de Stephen Chbosky, cette citation résume parfaitement la raison pour laquelle Marguerite se laisse détruire par Armand – et, d'une certaine façon, pourquoi Armand s'acharne sur son amante. Sous le masque d'une courtisane frivole et cruelle se cache une jeune femme qui a perdu depuis longtemps toute estime de soi. Sa propre existence n'a aucune valeur à ses yeux : c'est pour cela qu'il est si facile au père d'Armand, qui a fort bien décelé sa fragilité, de la pousser à rompre.

N'ayant plus ni attache ni carapace, Marguerite sombre rapidement. Elle devient son propre bourreau et fait d'Armand – elle le confesse dans son journal – l'instrument de sa destruction.

Il existe en chacun de nous des doutes, des blessures secrètes qui nous poussent à agir contre nous-mêmes, à nous faire du mal ainsi qu'aux autres. *La Dame aux camélias* met ces mécanismes d'autodestruction à nu et nous pousse à nous interroger sur nos choix, nos échecs, notre manière d'aimer. Ces questionnements ne sont-ils pas atemporels ?

D'autres thématiques sont présentes dans *La Dame aux camélias* : les liens entre l'amour et la mort, la jalousie, le statut social, le rapport père-fils, etc. Mais ceci n'est qu'une postface, dans laquelle je vous livre quelques-unes des raisons qui m'ont poussée à choisir ce roman et, je l'espère, vous donner envie, maintenant que vous connaissez Armando et Violetta, de faire connaissance avec Marguerite Gautier et Armand Duval, qui en sont les illustres modèles !

BANDE-SON

Firework, Katy Perry.
Diamonds, Rihanna.
Who Wants To Live Forever, Queen.
La Cumparsita, version Gotan Project.
Halo, Beyoncé.
Requiem (Introitus), Mozart.
Lovesong, The Cure.
La Traviata (Addio del passato), Verdi.

REMERCIEMENTS

Merci à Fabien C. pour avoir initié ces remakes qui n'en sont pas et à Caroline pour sa confiance, pour les discussions à bâtons rompus et pour les tonnes de projets.

Merci également à Agnès, Axelle, Anne, Claire, et à toute l'équipe Rageot, pour leur gentillesse et leur compétence.

Merci à Véronique qui m'a permis de comprendre le b.a.-ba du dressage.

Merci à Anne-Sophie, qui m'a aidée à surfer sur la vague du vraisemblable en matière de médecine et de cœur.

Merci à mes parents qui, lorsque j'étais petite, m'ont fait découvrir *La Traviata* : sans eux, je ne me serais probablement jamais intéressée à cette *Dame aux camélias* que Verdi a adaptée en opéra.

L'AUTEURE

Auteure et scénariste, **Charlotte Bousquet** a publié près d'une trentaine de titres pour adultes et adolescents dans des genres aussi différents que le polar, le roman historique, le thriller (*Le dernier ours*, prix Lire pour demain 2014), le fantastique ou la bande-dessinée. Roman d'amour passionné, *Ce feu qui me consume* est sa troisième incursion en Italie, sa quatrième dans le monde des chevaux et sa cinquième collaboration avec Rageot.
Charlotte Bousquet vit en région parisienne avec son mari illustrateur, son chat et ses chevaux.

Vous pouvez la retrouver sur son site :
www.charlottebousquet.com

Retrouvez la collection

in love

sur les sites www.rageot.fr
et www.livre-attitude.fr

RAGEOT s'engage pour l'environnement en réduisant l'empreinte carbone de ses livres. Celle de cet exemplaire est de :

107 g éq. CO_2
Rendez-vous sur
www.rageot-durable.fr

PAPIER À BASE DE
FIBRES CERTIFIÉES

Achevé d'imprimer en France en février 2015
sur les presses de l'imprimerie Aubin
Couverture imprimée par Boutaux (28)
Dépôt légal : mars 2015
N° d'édition : 6164 - 01
N° d'impression : 1501.0296